# RÊVES

ET

# RÉALITÉS

PAR

MAURICE TRUBERT

PARIS

LECÈNE, OUDIN ET Cⁱᵉ, ÉDITEURS

15, RUE DE CLUNY, 15

—

1895

# RÊVES ET RÉALITÉS

1508

# RÊVES

## ET

# RÉALITÉS

PAR

MAURICE TRUBERT

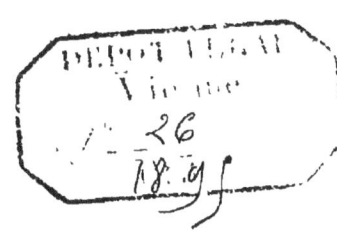

## PARIS

LECÈNE, OUDIN ET Cⁱᵉ, ÉDITEURS

15, RUE DE CLUNY, 15

—

1895

# A LA MÉMOIRE

## DE MON PÈRE

## AVERTISSEMENT

Ce livre contient tout ce que j'ai écrit depuis vingt années, et ceux qui le liront sauront aisément faire la part de la jeunesse et celle de l'âge mûr. Car il me paraît que l'homme n'a point le droit, de renier ses pensées premières, pas plus que l'été et l'automne, qui portent des fruits, ne renient le printemps, qui n'a que des fleurs.

Vienne, 1894.

# ESQUISSES ET TABLEAUX

# LES BOHÉMIENS

Il a passé, le Bohémien,
Comme dans l'air un souffle passe ;
Son regard a croisé le mien,
    Noir, dans l'espace.

Il était grand ; son fier profil
Se détachait sur le ciel sombre
Et ses cheveux, au vent d'avril,
    Flottaient dans l'ombre.

Un collier, sur son cou doré,
Tordait ses grains d'ambre et de verre
Et son long manteau déchiré
    Traînait à terre.

Une gitane, à ses côtés,
Marchait, fière, robuste et brune,
Avec ses grands yeux, aux clartés
    De jeune lune.

## II

Ils s'en vont ainsi, devant eux,
Au hasard de la route grise;
Ils vont où va l'oiseau frileux,
    Où va la brise.

Leur maison roulante les suit,
Demeure étroite et vagabonde,
Et leur voyage se poursuit
    De monde en monde.

Nul soleil ne les vit deux fois
Au même champ prendre leur gîte;
Nul écho ne redit leur voix
    Deux jours de suite.

Et l'on trouve, au fond d'un fossé,
Avant que le printemps ne vienne,
Près du Bohémien trépassé,
    La Bohémienne.

## III

Ces infortunés, dont les pas
Dans l'ombre éternellement fuient,
Il est des hommes, ici-bas,
    Qui les envient.

Ils voudraient comme eux, tous les jours,
Changer de pays et de place,
Et sans jamais, sur leur parcours,
    Laisser de trace,

A travers les monts et les vaux
Passer sans repos et sans trêve,
Pour qu'en leur cœur chargé de maux
    Meure le rêve,

Et sentir, en quelque forêt,
Leur âme par la mort étreinte
Sans un soupir, sans un regret,
    Sans une plainte...

# L'ARBRE DE NOEL

*A mes sœurs.*

Quand nous étions petits, en ces jours de l'enfance
Où les moindres plaisirs sont des plaisirs si doux,
Malgré votre grand âge, il vous souvient, je pense,
De l'arbre de Noël que l'on faisait pour nous.
C'était quelque sapin, cueilli près de la route,
Tout jeune, gracieux, fort étonné, sans doute,
Lui, l'hôte des forêts et des monts sourcilleux,
D'avoir été placé dans un salon soyeux.

Mais il vous en souvient ? quelque temps à l'avance,
On condamnait la porte et l'on faisait silence.
Nous avions beau tourner, curieux, à l'entour,
Aucun bruit ne troublait le tranquille séjour.
Parfois, l'air affairé, les mains pleines de choses,
Dans sa course, laissant échapper quelques roses,
Notre mère passait, en riant, près de nous.
Aussitôt, pleins d'émoi, devant les portes closes,
Avec précaution, nous mettant à genoux,
Nous entendions, pensifs, frapper de légers coups.

Ah ! le bon temps, mes sœurs ! le beau temps des surprises
Et des contes de fée, et des gentils cadeaux,
Où l'on récompensait les leçons bien apprises,
Sans mettre aux paresseux leur livre dans le dos !
Il nous fallait si peu, n'est-ce pas, pour sourire ;
Si peu pour être gais, à l'âge où l'on est blond !
Un rayon de soleil, une poupée en cire
Pour vous quatre... pour moi quelques soldats de plomb

Le jour venait enfin, ou plutôt la soirée
Où l'on ouvrait la porte à nos yeux éblouis.
Quelle bruyante joie en notre âme enivrée !
Que de ravissements, que de bonds, que de cris !
C'est qu'il était bien beau, sous la lumière blanche,
Notre arbre de Noël ! Je crois le voir encor....
Les chaînes de papier couraient de branche en branche
Et les anneaux d'argent suivaient les anneaux d'or.
Chaque rameau portait des noix étincelantes
Ou des jouets mignons sous ses feuilles tremblantes,
Puis, au pied, une crèche en paille scintillait,
Délicate et charmante, au milieu de la mousse,
Avec l'enfant Jésus, figure blanche et douce
Qui nous tendait les bras et, de loin, souriait.
Et le matin, avant de partir pour l'église,
Nous allions, le cœur gros, revoir l'ami d'un jour.
Il paraissait très sombre, à la lumière grise ;
Avec de grands soupirs nous nous rangions autour.
Alors, pour consoler notre jeune tristesse,
On faisait doucement tomber en notre main,
De ces menus objets qu'on oublie, ou qu'on laisse...
Le plaisir de la veille avait un lendemain.

Ce temps n'est plus ; d'ailleurs, la chose se fait rare ;
Tous ces apprêts charmants fatiguent, aujourd'hui.

La mère, pour l'enfant, en devient plus avare
Et les arbres tout faits sont assez bons pour lui.
Je n'en veux point médire et n'accuse personne ;
A ces sortes d'erreurs aisément l'on pardonne ;
Mais nous, pour qui ce mois est un cher souvenir,
Et qui trouvons en lui tant de grâce et de charme,
Et qui versons, parfois, sur sa fuite, une larme,
Sachons le ramener, encor, dans l'avenir.

Nous verrons, je l'espère, un jour des têtes blondes
Ou de doux cheveux bruns frissonner sous nos doigts ;
Avec de beaux enfants, nous formerons des rondes ;
Nous serons égayés aux éclats de leur voix.
Et puisque nous devons tant de reconnaissance
A ces soins maternels d'un cœur qui sait aimer,
Si nous rendons, plus tard, ces plaisirs à l'enfance,
L'arbre du vieux Noël nous peut encor charmer.

1880

## A MADAME X...

Votre lèvre est jeune et rieuse ;
Vos grands yeux sont pleins de lueurs.
Je voudrais rendre sérieuse
Votre lèvre et vos yeux, rêveurs.

Votre sein lentement se lève ;
Votre cœur ne tressaille pas.
Je voudrais, belle fille d'Eve,
Les voir battre au bruit de mes pas.

Votre main, pâle et nonchalante,
N'a pas su frémir une fois.
Je voudrais, cette main charmante,
La sentir trembler dans mes doigts.

Vain désir : celui qui doit faire
Rêver les grands yeux que voilà
Et palpiter ce cœur de pierre,
Le vainqueur... n'est pas encor là.

Athènes, 1884

# LE VIEUX MAITRE

Il était grave et vieux : trop solennel, peut-être,
Mais son œil, clair encore, avait un bon regard ;
Je le craignais un peu, comme l'on craint son maître,
Lorsqu'on a quelquefois des leçons en retard.
Il venait de Paris, le soir, à la campagne,
Avec un grand chapeau datant de Charlemagne,
Qu'il me semble encor voir poindre dans le lointain ;
Il me trouvait toujours le sourire à la lèvre ;
Mais, quand l'heure approchait, j'avais souvent la fièvre,
Et j'étais si content quand il manquait le train !

Pourtant, lorsqu'il avait roulé près de la table
Le grand fauteuil de cuir préparé dès longtemps,
Sa présence était loin de m'être insupportable,
Et Virgile, avec lui, faisait passer le temps.
Les oiseaux quelquefois chantaient dans la verdure,
Tandis que le soleil souriait au buisson ;
Mais je ne trouvais pas l'épreuve par trop dure
Et je prenais gaîment le maître et la leçon.

Vous que, jeunes encore, on a mis au collège,
Mes chers contemporains, vous n'avez pas connu
L'espoir qui vous saisit quand il vente ou qu'il neige,
Le plaisir qu'on ressent quand Il n'est point venu.
Et vous ignorerez encor mieux que l'attente
Tous ces petits apprêts et tous ces petits soins :
Le feu, qu'on entretient d'une main prévoyante,
Le livre que l'on ouvre en y faisant des coins.
Puis, quand il est entré, le chapeau vénérable
Qu'on brosse sur sa manche avec un air aimable
Et le vieux cache-nez de laine ou de tricot
Qu'on étend près du feu pour qu'il sèche plus tôt.

N'en déplaise pourtant à vos esprits sceptiques,
Durant ce tête-à-tête il est de bons moments
Et les anciens auteurs, pédants ou dogmatiques,
Quand on les lit ensemble en sont moins endormants.
On explique, on commente, et souvent il arrive
Qu'embarqué sur ce fleuve, on aborde à la rive
D'un sujet tout moderne et parfois très profond,
Où n'ont plus rien à voir ni Boileau ni Buffon.

Celui-là me contait les douceurs du ménage,
Les chagrins d'autrefois et les soucis présents,
Car il avait encore, avec un vieux visage,
Dans un cœur toujours jeune une ardeur de vingt ans.
Et j'allais avec lui, quand l'heure était passée,
Cueillir, dans les jardins du château, quelques fleurs,
Touchante attention pour sa *jeune épousée*
Qu'il appelait « Ma dame » en essuyant des pleurs.

Un jour il m'a quitté ; depuis, à la fenêtre,
Il m'arrivait parfois de me mettre le soir ;
Mes yeux, accoutumés à le voir apparaître,
Au détour du chemin le cherchaient sans espoir ;

Dans le fauteuil de cuir d'autres ont pris sa place,
D'autres m'ont fait traduire Homère et Xénophon ;
Mais je l'ai regretté, quand j'ai perdu sa trace ;
S'il m'ennuyait souvent, je l'aimais bien, au fond.

Souvenirs, souvenirs de la première enfance,
Comme vous semblez loin en remontant les jours !
Lorsque vous revenez à notre âme qui pense,
Vous la touchez parfois et la charmez toujours.
Les moindres incidents d'une aussi jeune vie
A travers le passé prennent plus de douceur,
Et chacun nous admire, et chacun nous envie
Quand nous y retrouvons quelque vieux professeur.

1882

# LOIN DE NOUS

Loin des villes et des vallées,
Entre les cimes désolées
Que la foudre blesse en passant,
Haut, bien haut par-dessus nos têtes,
J'ai vu planer, fils des tempêtes,
Un aigle immense au vol puissant.

Loin des ports et loin des rivages,
Au sommet des vagues sauvages
Dressant leurs crêtes en fureur,
J'ai vu courir, dans les tourmentes,
Un navire aux formes charmantes,
Tranquille, avec un air vainqueur.

Et loin des plus hauts pics du monde,
Dans cette obscurité profonde
Qu'avec elle apporte la nuit,
Frissonnant et vibrant encore,
J'ai vu glisser un météore
Dont le souvenir me poursuit.

Alors j'interrogeai les cimes,
Le flot qui se creuse en abîmes
Où l'albatros vole, éperdu,
Les astres, pâlis, qui s'effacent...
Et, tout bas, ils m'ont répondu :
« Ce sont des poètes qui passent ! »

1885

# LE MOUSSE

Pâle, mince, chétif, avec des yeux de femme,
De grands yeux noirs, emplis de langueur et de flamme,
Il se tient, appuyé sur une ancre, à l'écart,
Près du vieux loup de mer barbu, qui fait le quart.
Un béret déchiré couvre à peine sa tête
Et, par les trous nombreux de sa rude jaquette
On voit, comme à travers les ronces une fleur,
De son corps délicat l'éclatante blancheur.

D'où vient-il ? Qui le sait ? Un pêcheur de Provence
Pour ce nouveau Moïse obscure Providence,
L'a trouvé, tout petit, sur le port, un beau jour,
Triste fruit délaissé d'un fugitif amour.
Et le soir, en rentrant dans sa cabane informe :
« Femme, a-t-il dit montrant la frêle et blanche forme
Voilà ce que j'ai pris auprès du flot amer » ;
Et la femme à l'enfant a tendu, sans mot dire,
Son sein gonflé de lait avec un doux sourire ;
Car ce sont de grands cœurs, que ces gens de la mer

Ah ! c'était le bon temps, n'est-ce pas, pauvre mousse ?
La vaste plage, avec sa plainte longue et douce,
Le sable, les rochers aux multiples trésors,
Et des vents, et des flots, les sublimes accords

Il faisait bon courir sur les algues marines,
Du grand souffle des mers emplissant ses narines
Et jetant à l'espace un long cri triomphant ;
La barque du pêcheur, avec ses blanches voiles,
Semblait une mouette aux lueurs des étoiles...
Ah ! c'étaient de beaux jours, n'est-ce pas, pauvre enfant?

Puis, ils sont morts tous deux, le pêcheur et la femme,
L'un, d'un coup de vent d'ouest, et l'autre, de son deuil
Une barque passait ; l'enfant, l'hiver dans l'âme,
Pour suivre le navire a quitté le cercueil.

Et maintenant, courbé sur la rame qui vole,
Au milieu des éclats de la tempête folle,
     Il se souvient des jours lointains ;
Lorsqu'il ramait jadis, c'était pour son vieux père ;
Chaque coup d'aviron le rapprochait de terre
     Aux roses clartés des matins.

Ce n'est plus un baiser qui l'attend au rivage,
Mais quelque rude cri, quelque clameur sauvage
     Se perdant au loin sur les flots !
Il faut marcher, marcher encor, marcher sans cesse,
Aux heures d'amertume, aux heures de faiblesse,
     Souffre-douleur des matelots.

C'est le même soleil qui brille sur les vagues,
Ce sont, à l'horizon, les mêmes lueurs vagues,
     La même splendeur dans les cieux ;
Mais ce qui souriait à son heureuse enfance,
Laisse son cœur étreint par l'amère souffrance
     Et ne sait plus charmer ses yeux.

Tu t'en iras ainsi, triste et doux, maigre et blême,
Jusqu'au jour où la mer te fera matelot ;
Sans un mot consolant et sans un cœur qui t'aime,
Dans ce grand monde ayant pour seul ami le flot ;
Ou peut-être, au milieu de la tempête obscure,
Emporté par le vent qui fauche à l'aventure,
Sous les mers en fureur tu descendras sans bruit
Et, quand il comptera de l'œil son équipage,
Le patron de la barque aura ce cri sauvage
    « Allons ! ce n'est que le petit ! »

1883

# SEULS ENFIN

Dans le buisson vert et rose
Où va fleurir leur amour,
Voici qu'à la fin du jour
Le couple, enfin seul, se pose.

Les invités sont partis :
Pinson, mésange et fauvette ;
De ce premier tête-à-tête
Qu'ils sont heureux, les petits !

Lui, sous sa plume brillante,
Prend un air tendre et vainqueur ;
Elle, joyeuse en son cœur,
Est pourtant un peu tremblante.

En passant près d'eux, le vent
Glisse dans le chèvrefeuille
Et le zéphyre, et la feuille
Les contemplent en rêvant....

1884

# LE DRUIDE ET L'ONDINE

LÉGENDE.

Il l'aperçut au bord de l'onde ;
L'eau perlait dans ses cheveux blonds
Et ses yeux verts, ses yeux profonds,
Comme la mer semblaient un monde.
Et quand le rêve fut passé,
Quand sous les eaux glissa la belle,
Il s'en alla ; son cœur blessé
Ne pouvait se consoler d'elle.


La grotte qui l'avait vu naître
Etait pleine de sa douleur ;
Rien ne pouvait guérir ce cœur
Dont un fol amour fut le maître.
Et lorsque dans l'ombre il s'enfuit,
Fils ingrat, époux infidèle,
Il criait, à travers la nuit:
« Je ne puis me consoler d'elle »

Mais auprès de la mer immense
Ce fut en vain qu'il l'attendit,
Attentif au doux chant, redit
Par la vague qui se balance.
Et lorsqu'il eut longtemps pleuré,
Dans l'onde à la plainte éternelle
Il plongea... Ce désespéré
N'avait pu se consoler d'elle.

1883

# L'AIEULE

L'aïeule, un peu triste, est assise
Près du lit où l'enfant s'endort ;
Tête blonde avec tête grise,
Cheveux d'argent et cheveux d'or.
Et, tandis qu'au soleil torride,
Dans la cour de la ferme vide,
Le coq pousse un cri triomphant,
On entend la voix chevrotante
Murmurer, pour tromper l'attente :
« Dors, mon petit ; dors, mon enfant ! »

Qu'il est pâle, en pleine lumière !
Comme elle est vermeille, à côté !
Le mal épargnant la grand'mère,
Au tout petit s'est arrêté.
Tout à l'heure, morne, inquiète,
Tournant plus d'une fois la tête,
La fermière aux vignes partit ;
Depuis lors, d'un ton monotone,
L'aïeule, un peu triste, chantonne :
« Dors, mon enfant... dors, mon petit ! »

Et voici que la mort se penche
Sur les cheveux blonds, doucement,
Tandis que, sur la tête blanche,
Le sommeil tombe, lentement.
On n'entend plus, dans le silence,
Le doux cri monter en cadence,
La plainte de l'être souffrant,
Mais parfois, comme dans un rêve,
La voix de l'aïeule s'élève :
« Dors... mon petit,... dors... mon enfant...

1883

# LES VOIX DE L'ESPACE

## LE VENT DU SUD.

Je suis le simoun, le simoun sauvage
Aux ailes de foudre, au souffle brûlant ;
Du fond des déserts je pousse au rivage
Le sable embrasé qui s'en va roulant.

L'Arabe indompté frémit quand je passe
Je fais, aux lions, plier les genoux ;
Roi du Sahara, maître de l'espace,
Tout cède et tout meurt devant mon courroux.

Le ciel est obscur et l'onde tarie,
Le palmier se courbe ainsi qu'un roseau ;
Le coursier superbe est pris de folie
Et voudrait, pour fuir, des ailes d'oiseau.

Et quand j'ai passé, quand s'endort ma rage,
Sous mes doigts de feu tout s'en va râlant ;
Je suis le simoun, le simoun sauvage,
Aux ailes de foudre, au souffle brûlant.

## LE VENT D'OUEST

Je suis la grande brise aux puissantes haleines,
　　　Au vol magnifique, aux bruits sourds,
Je passe en murmurant sur les flots et les plaines
Et de mes entretiens les cavernes sont pleines
　　　Avec l'Océan, mes amours.

Pouvoir mystérieux qui fait rouler les ondes
　　　Sous le pied hardi des marins,
Je pousse à larges coups les lames vagabondes
Et j'apporte avec moi les parfums des deux mondes,
　　　La senteur des pays lointains.

Du couchant enflammé je passe, d'un coup d'aile,
　　　Au levant, rose et velouté,
Et je mêle ma plainte à la plainte éternelle
De la mer, qui ne voit que l'espace autour d'elle
　　　Et pleure son immensité.

## LE VENT D'EST

J'arrive au réveil des journées ;
Je suis l'Eurus des anciens temps ;
Le souffle pur des matinées,
Le premier soupir du printemps.
Tout s'anime sur mon passage ;
L'oiseau dit son chant au feuillage ;
Il court un frisson sur les fleurs ;
Les amoureux que je caresse,
Ecoutent avec plus d'ivresse
L'hymne qui monte de leurs cœurs.

Je viens de l'Orient splendide ;
J'ai passé sur plus d'un Sultan,
Et sur la grande Pyramide
Et sur la rose du Liban.
Si mon haleine est embaumée,
C'est que j'ai su prendre à l'almée
Le parfum de ses noirs cheveux ;
Et si ma marche est calme et lente
C'est que j'arrête à chaque plante
L'élan de mon coursier joyeux.

Car il me vient plus d'une chose
A dire au faon, sous le couvert ;
J'ai rendez-vous avec la rose,
Le soir, au flanc du coteau vert.
Le lis me sourit au passage,
Et j'ai toujours quelque message
Pour la rose ou le papillon ;
Au pied du peuplier superbe,
J'aime à chuchoter avec l'herbe
Qui s'endort au fond du sillon

## LE VENT DU NORD

Je suis le vent sec qui fane et qui glace,
Rude aux malheureux, aux roses fatal ;
Je jette à longs flots la neige à l'espace...
Oh ! comme il est froid, mon pays natal !

Dans les grands manoirs je pleure et je gronde,
J'ai des cris plaintifs jusqu'au fond du val ;
Et je fais gémir la forêt profonde...
Oh ! comme il est dur, mon pays natal !

Je couvre les cieux de leur brume sombre,
Des longs soirs d'hiver je suis le signal ;
J'annonce la nuit et j'apporte l'ombre...
Oh ! comme il est noir, mon pays natal !

Et quand j'ai soufflé du soir à l'aurore,
Désolant la terre et semant le mal,
Il me faut souffler et courir encore...
Oh ! comme il est loin, mon pays natal

# LA NAIADE

Quel est ce bruit léger, quel est ce doux murmure
Qu'on entend sur le fleuve au déclin des beaux jours ?
C'est, dans l'harmonieux concert de la nature,
La Naïade aux grands yeux qui pleure ses amours.

Quand le soleil descend, elle sort, triste et blonde,
Du flot qui la dérobe aux regards indiscrets.
Son beau corps, frémissant aux caresses de l'onde,
Glisse, avec un frisson, dans les roseaux muets.

Le vent, qui l'aperçoit, bat de l'aile et soupire ;
Le cerf, qui s'élançait, ému, s'est arrêté,
Et l'astre, sur le point de quitter son empire,
Veut d'un dernier rayon éclairer sa beauté.

Mais elle, indifférente à ce suprême hommage,
Avec un long sanglot se pose sur le bord,
Et contemple en son cœur la douloureuse image
De quelque beau Narcisse endormi dans la mort.

                                    1883.

# LE REGARD DE L'ENFANT

A quoi pense l'enfant, petite fleur nouvelle,
Lorsqu'à moitié perdu dans les flots de dentelle,
Vers un point de l'espace il fixe ses grands yeux?
Où flottent ses pensers ? Où s'envolent ses rêves?
Dans quel monde inconnu ? sur quelles vastes grèves ?
   Vers quels pays mystérieux ?

Il s'anime, il se plaint ; il s'égaie, il soupire.
Il a des pleurs soudains au milieu d'un sourire,
Comme, au soleil d'avril, l'eau tombe sur les fleurs.
A quels secrets transports son petit cœur en proie
Mêle-t-il si souvent la plainte avec la joie
   Et le sourire avec les pleurs ?

O mystère insondable où se perd l'âme humaine !
Nul ne saura jamais explorer ce domaine ;
Jamais nul ne dira ces longs pensers d'enfant.
Les morts ne viennent point parler d'une autre vie ;
L'homme ne redit point ce passé, qu'il oublie
   Devant le présent triomphant.

# INDIFFÉRENCE

Toi qui voles de rose en rose
Sans que jamais ton cœur se pose,
Tu n'as point vécu, papillon.
Tu t'en vas avec l'hirondelle,
Mais tu ne laisses pas, comme elle,
Un amour dans chaque sillon.

Au déclin des beaux jours, la brise,
Effleurant le flot qui se brise,
Ne t'apporte aucun souvenir ;
Et quand tu quittes la vallée,
Ton âme est bientôt consolée,
Car rien ne t'y peut retenir.

Léger de vol et de pensée
Et, sur la terre méprisée
Passant, ainsi qu'un voyageur,
Tu n'as jamais souci, ni peine,
Ton âme est vide, et c'est à peine
Si tu sens palpiter ton cœur.

I***

Mais aussi, quand gronde l'orage
Et lorsqu'au cours de ton voyage
Souffle le vent d'adversité,
Les fleurs n'abritent point tes ailes
Et tu viens expirer près d'elles
Sans être plaint ni regretté !

1883.

# LE SPHINX

Colossal, allongé sur ses membres de pierre
Qui résistent encore aux vains efforts du temps,
Il apparaît, baigné dans l'ardente lumière,
Au seuil de ce désert de sables éclatants
Qu'il contemple, depuis quarante fois cent ans.

Et lorsqu'au ciel profond la lune qui se lève
Eclaire ce visage étrange, dans la nuit,
Ce n'est plus un bloc lourd, taillé dans le granit,
C'est un être vivant, comme on en voit en rêve
Et dont le souvenir incessamment vous suit.

Sphinx ! aux âges lointains dont nous parle la fable,
Le voyageur craintif, interrogé par toi,
Sentait tomber sur lui ta griffe redoutable.
Mais ta puissance est morte ! autre temps, autre loi
Voyageur, aujourd'hui je t'interroge, moi !

## II

Que le désert paisible à l'infini s'étende,
Aux rayons d'un soleil qui flambe dans les cieux,
Ou que le noir simoun, dans une sarabande,
Pousse le sable ardent en flots tumultueux,
Vers cette immensité tu tiens fixés les yeux.

Quel spectacle a frappé ta prunelle immobile ?
Gardes-tu de tes rois le souvenir au cœur ?
Les Romains conquérants, volant de ville en ville,
Le peuple juif esclave et le Croissant vainqueur,
Ont-ils vu ton sourire éternel et moqueur ?

Les yeux de Cléopâtre, incendiant la terre,
Ont-ils gravé l'amour dans ton âme de pierre,
Alors qu'elle étendait ses membres nonchalants
Sur des tapis de pourpre, à l'ombre de tes flancs ?
Les chants de nos soldats, notre clairon sonore,
A ton oreille, ô Sphinx, résonnent-ils encore
Comme au jour où vers toi les mamelucks tremblants
Fuyaient devant les plis du drapeau tricolore ?

Et quand la nuit descend, calme, sur les déserts,
Quand l'ombre et le silence ont envahi l'espace,
Sans doute, entre le ciel et la terre, il se passe
Des choses que tu vois de tes yeux grands ouverts ?
Regarde ! Le zénith resplendit et s'allume
Avec un front serein poudré d'argent et d'or ;
Sous les palmiers géants et fiers le lion dort
Et nul toit familier à l'horizon ne fume.

C'est l'heure où, seul à seul, et se parlant tout bas,
Ces deux mondes, le nôtre et celui des étoiles,
Echangent des secrets et disent, sous leurs voiles,
Des mots mystérieux, inconnus ici-bas...
Répète-nous ces mots que nous n'entendons pas !

### III

Colossal, allongé sur ses membres de pierre,
Il garde le silence et l'immobilité
Et, lourd de ces secrets qui font sa gravité,
Il attend que le ciel ait absorbé la terre
Pour révéler enfin tout ce qu'elle a conté.

# LA TRISTESSE DE LA MER

J'ai dit à la mer cruelle
Qui, sous les cieux éclatants,
Roule des marins flottants
Jadis engloutis par elle.

J'ai dit à la mer perfide
Dont le murmure est un chant,
Alors qu'au soleil couchant
Ses flots n'ont pas une ride.

J'ai dit à la mer en fête :
« Pourquoi nous tromper ainsi ?
« Tu t'endors calme, et voici
« Qu'au matin naît la tempête.

« Qu'as-tu donc au fond de l'âme,
« Monstre charmant et sans cœur
« Dont l'attirante douceur
« A des trahisons de femme ?

« Pourquoi t'enivrer de haine,
« Alors qu'aimer est si doux,
« Et d'où vient tout ce courroux
« Contre notre race humaine ? »

Alors du gouffre qui chante
Et qui soupire à la fois,
Soudain s'élève une voix :
— O la voix triste et touchante !

« Hélas, hélas ! gémit-elle ;
« Depuis que le Tout-Puissant
« M'a, dans l'Univers naissant,
« Fait surgir, joyeuse et belle,

« Le monde entier se lamente
« Devant mon immensité
« Et la folle humanité
« Injustement me tourmente.

« Car, si des crimes sans nombre
« Peuplent de morts mes flots bleus,
« S'il est tant de pleurs aux yeux,
« Tant de cœurs saignant dans l'ombre,

« J'en atteste la nature,
« Le coupable, c'est le vent !
« Sa fureur va soulevant
« Mon triste sein qu'il torture

« Et cette plainte incessante
« Qui monte vers le ciel lourd
« N'est que le grondement sourd
« De ma douleur impuissante. »

Le long du flot sombre et grave,
Lors, je m'en allai rêvant.
Depuis, je maudis le vent,
Et je plains la mer, esclave...

Vienne. 1891

# A UNE JOLIE FEMME

C'est à vous que l'on pensait
Quand on vit descendre l'ombre ;
Votre œil noir est aussi sombre
Que la nuit qui s'avançait.

C'est à vous que l'on pensait
Lorsqu'on vit la rose éclore ;
Vous êtes plus rose encore
Que cette fleur qui naissait.

C'est à vous que l'on pensait
Devant la neige tombante ;
Vous êtes plus éclatante
Que la neige qui passait.

Et quand s'en va le printemps,
C'est encore à vous qu'on pense
Il n'a pas plus de constance
Que votre cœur de vingt ans.. ..

1884

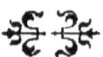

# LE JEUNE PÊCHEUR
### DE LEHMANN

Sous un ciel vaste et pur que la lumière inonde,
Plus beau qu'un jeune dieu de l'Olympe arrivant,
Il laisse indolemment ses pieds tremper dans l'onde
Et ses cheveux épars flotter au gré du vent.

Robuste et gracieux comme un fils du vieux monde,
Nul ne le vit jamais auprès des flots rêvant ;
Un sang riche et vermeil coule sous sa peau blonde
Que le tissu de lin montre, en se soulevant.

La mer lui met au cœur comme une douce ivresse :
Et ce jeune païen, que le zéphir caresse,
Semble des temps passés un vivant souvenir.

Le peintre savait bien que sous des cieux de flamme,
Nul ne sacrifiait, comme aux temps à venir,
La majesté du corps à la splendeur de l'âme.

1883

# L'ENFANT QUI DORT

Son front est si blanc, parmi la dentelle,
Qu'on le peut confondre avec l'oreiller ;
Son sommeil, si doux, qu'un cri d'hirondelle
Suffit quelquefois pour le réveiller.

Son souffle est si pur, sur sa lèvre rose,
Qu'un miroir à peine en serait terni ;
Et son petit corps est si peu de chose,
Que, dans les bois verts, l'oiseau qui repose,
Laisse plus d'empreinte au fond de son nid.

1883

# LES DEUX FRÈRES
(FRAGMENT)

## ACTE II.
### SCÈNE VII.

—

MARCEL, RENÉ

—

MARCEI

Ainsi, c'est bien fini?

RENÉ

C'est bien fini...

MARCEL

Mon frère !
Ne te souvient-il plus du jour où notre mère,
En étendant les mains sur nos fronts inclinés,
Nous bénissait tous deux tendrement prosternés ?
Où sa voix, déjà faible en ce moment suprême,
Trouvait de ces accents qu'on trouve, quand on aime,
Et murmurait tout bas, sous les rideaux épais :
Adieu... mes chers enfants.., adieu... vivez en paix !

RENÉ (*à voix basse*)
Il ne m'en souvient plus...

MARCEL

              Ce vœu d'une mourante,
Ce cher désir, tombé d'une bouche expirante,
Nous l'avions su combler, et nous étions heureux.

RENÉ (*avec force*)

Mais il n'y avait pas de femme entre nous deux !

MARCEL (*après un silence*)

C'est vrai, je l'oubliais. Une femme qui passe
Et de tout un bonheur il ne reste plus trace.
De grands yeux éclatants sous des cheveux dorés
Et deux cœurs, fortement unis, sont séparés.
Ah ! si le sentiment qui t'entraîne vers elle
Avait la profondeur d'un sentiment fidèle;
Si tu l'aimais, enfin, d'un amour sérieux !
Mais tu ne l'aimes pas, tu la veux...

RENÉ

                         Je la veux !
Son image me hante et sa beauté m'enflamme ;
J'ai, quand je l'aperçois, des frémissements d'âme,
Et tout mon sang, soudain, me refluant au cœur,
M'y cause une indicible et mortelle douleur.
Dans mon désir ardent, je vais, le long des plages,
Sous le poids du soleil, dans le vent des orages;
Le flot me parle d'elle avec ses grandes voix;
J'en suis tout frissonnant et tout triste à la fois.
Le soir, lorsqu'à travers de subites trouées,
La lune m'apparaît, courant sur les nuées,
Je crois, quand un rayon s'égare sur mon front,
Que c'est quelque lueur de son grand œil profond.
Et sans cesse, et toujours, cette amour insensée
De ses élans de flamme envahit ma pensée,

Si bien que la nuit même, en mon rêve agité,
Mon cœur, comme le jour, adore sa beauté.
Tu ne le comprends point? Mais toi-même, homme sage,
N'as-tu point ressenti ces troubles, à mon âge,
Et ces fougues, alors qu'un soleil de printemps
Colorait de ses feux l'aube de tes vingt ans ?
Sur quels objets plus chers s'égaraient tes alarmes ?
D'où jaillissait alors la source de tes larmes ?
N'as-tu jamais souffert, langui, brûlé, pleuré,
Devant le souvenir d'un visage adoré ?
Ah ! mon frère ! pitié pour moi, je t'en supplie ;
Cette amour, c'est mon bien, et mon sang et ma vie !
Sa perte me serait pire que le trépas.
Si tu m'aimes encore un peu, ne l'aime pas !

MARCEL

De quel droit viens-tu donc m'implorer de la sorte ?
Si je n'ai plus vingt ans, ma flamme n'est pas morte.
Tu la veux, me dis-tu? Moi, je la veux aussi,
Mais je ne la veux pas comme toi, Dieu merci !
A cette folle enfant qui va, battant des ailes,
Ainsi qu'un papillon parmi les fleurs nouvelles,
Ivre de l'existence et cueillant à la fois
Les plaisirs dans la vie et les fleurs dans les bois,
Il faut, de quelque nom que cet appui se nomme,
Un cœur plus apaisé que ton cœur de jeune homme.
Un plus robuste amour, un bras plus affermi,
Un époux qui soit moins un amant qu'un ami.
Crois-moi ; la passion qui s'allume en ton âme
Resplendit, mais aussi passe comme une flamme,
Et, malgré tes ardeurs, je vois bientôt le jour
Où, dans ton cœur éteint, sera mort ton amour

# CE QUE J'AIME

J'aime, au coin de la lèvre, une fossette rose
Posée au bord, ainsi qu'un insecte se pose ;
De blonds cheveux, si fins, si légers, si moelleux,
Que la brise, en passant, aime à glisser entre eux.
Enfin, sous de longs cils qui lentement se lèvent,
De grands yeux noirs, qui font rêver, parce qu'ils rêvent...

1883

# SUR UN MOT DE M<sup>me</sup> DE GIRARDIN

« Le monde ne paraît point son âge. »

Quoi ! l'on dit que le monde est vieux ?
Mais regardez la fleur qui pousse,
Et la feuille, et le brin de mousse,
Et la pure clarté des cieux...
Et l'on dit que le monde est vieux !

Vieux, le monde ? mais la vieillesse
Eut-elle jamais ce printemps ?
Ce vent, plus doux qu'une caresse,
Et ces fleurs aux tons éclatants ?
Quand les rides, sur un visage,
Ont marqué leur rude passage,
Bien adroit qui les peut guérir ;
Mais dès qu'avril a fait sa ronde,
Cherchez donc les rides du monde...
Bien fin qui les sait découvrir.

Vieux, le monde ! Mais la nature
Est une vierge aux frais appas,
Toujours charmante, toujours pure
Et que la mort n'atteindra pas ;

Et, si cette vierge est coquette
Comme les nymphes d'autrefois,
Si, quittant ses habits de fête,
Elle s'endort pendant des mois,
C'est pour se réveiller plus belle
Et c'est pour mieux charmer nos yeux...
Sa splendeur est toujours nouvelle ;
Et l'on dit que le monde est vieux !

1883

# RONDEAU

## A UNE COQUETTE

Un peu d'amour n'est point pour vous surprendre ;
Beaucoup d'amour vous semblerait plus doux ;
Mais tous les cœurs que votre cœur veut prendre
Se gardent bien de grands élans pour vous,
Comme on pourrait le croire, à vous entendre.

Si vous aviez une âme un peu plus tendre,
Alors, sans doute, ils désarmeraient tous
Et feraient bien, si vous vouliez leur rendre
            Un peu d'amour.

Mais ces faveurs à qui l'on peut prétendre
Et qu'on saurait demander à genoux,
Vous vous plaisez à les trop faire attendre.
Un cœur bien né sait, dès lors, se reprendre,
Sans garder même, en son juste courroux,
            Un peu d'amour.

                                    1882

# LE CHAMPAGNE

Dans la coupe en cristal aux brillantes facettes,
Le champagne, en riant, met son éclat vermeil,
Et son pétillement est, dans toutes les fêtes,
Pour la gaîté qui dort, le signal du réveil.

C'est le vin des amours et le vin des conquêtes,
Joyeux et chaud, ainsi qu'un rayon de soleil,
Il réjouit les cœurs et fait tourner les têtes,
Blond nectar, au nectar des anciens dieux pareil.

Ainsi, l'esprit français, dans la coupe de l'âme,
Mousse, pétille, rit, brille comme une flamme,
S'échappe en flots dorés des lèvres et des yeux,

Et l'étranger, charmé, peut croire, à tour de rôle,
Que c'est l'esprit gaulois qui fait le vin mousseux,
Ou bien le vin mousseux qui fait l'esprit de Gaule.

# LE PALMIER

## I

Seul, au sein du désert immense,
Il se dresse, dans sa fierté.
Autour de lui, rien : le silence,
Le vide et l'immobilité.
Aussi loin que le regard plonge,
Dans le sable un ruban s'allonge ;
La caravane a passé là,
Et, depuis des siècles, peut-être,
Il voit le soleil disparaître
Au bout du sentier que voilà.

L'onde qui vient, mystérieuse,
Sourdre à ses pieds, dans le sol dur,
Suffit à rendre vigoureuse
Sa tige, et son feuillage obscur.
Et lorsque, Attila de l'espace,
Le noir simoun accourt et passe,
Il plie au souffle qui le tord,
Puis il se relève, et regarde
Tourbillonner l'arrière-garde
Du sable, aux horizons du Nord.

Sur cette longue route aride,
Pas un voyageur altéré
Qui n'ait rempli sa gourde vide
Au pied de l'arbre vénéré.
Et le grand palmier solitaire,
Depuis qu'il est sorti de terre,
A vu passer bien des humains,
Troupeaux d'hommes, toujours les mêmes,
Sombres et las, maigres et blêmes,
Marchant au hasard des chemins.

Mais lui, paisible, il les contemple
Dans son superbe isolement,
Et semble le gardien d'un temple
Dont la voûte est le firmament.
Docile, sous la main du maître,
Il n'est jamais fatigué d'être ;
.La mort jamais ne le tenta.
Mais il n'en connaît point la crainte
Et saura se coucher sans plainte
Dans le sable qui l'enfanta.

## II

Ainsi, sur le désert du monde,
Le sage est seul, dans sa grandeur
Les bruits de la terre profonde
N'arrivent pas jusqu'à son cœur.
Et, les yeux fixés dans l'espace,
Au bout de ce sentier qui passe
Foulé par tant d'êtres humains,
Il voit, chaque soir, en silence,
Le soleil de son espérance
Descendre aux horizons lointains.

Il puise à la source éternelle
Coulant pour lui du ciel serein,
Cette force surnaturelle
Qui le fait de marbre et d'airain.
Quand le malheur, simoun de l'âme,
Sur lui passe, comme une flamme,
Il sait courber son front puissant ;
Mais l'ombre fuit devant l'aurore :
Il se dresse, plus fier encore,
Aux clairs rayons du jour naissant.

Aux jours où la désespérance
Tarit parfois jusqu'aux douleurs,
Il peut adoucir la souffrance
Et rouvrir la source des pleurs.
Passez, caravanes humaines,
Marchant sous le faix de vos peines
Dans le sable lourd d'ici-bas ;
Allez, masse énorme et pressée,
De la même allure lassée,
A vos plaisirs, à vos combats.

Sur ce dur chemin de la terre,
Quand votre regard se perdra,
Toujours superbe et solitaire,
Le sage vous apparaîtra.
Mais, s'il advient que, vers la tombe,
Il s'incline un jour et qu'il tombe,
Sous les coups funestes du sort,
Voyez, foule craintive et blème,
Avec quelle fierté suprème
Il sait se coucher dans la mort !

## SEMENCES DES CIEUX

Lorsque le laboureur, à travers la campagne,
A balancé sa main féconde, sur les champs,
Tranquille, il s'en revient auprès de sa compagne,
Jouir des frais matins et des soleils couchants.

Dans le sein vigoureux de la mère Nature,
Le grain qu'il a semé germe paisiblement
Et, ni l'ardent soleil, ni la rude froidure,
N'arrivent jusqu'à lui, sous la terre dormant.

Puis, dès que le printemps, tout frissonnant encore,
Ramène les beaux jours avec un air vainqueur,
Pour voir croître les blés aux lueurs de l'aurore,
Le laboureur se lève, et sourit en son cœur.

Ainsi, Dieu tout-puissant, qui règnes sous tes voiles,
Ta main, d'un mouvement rythmique et solennel,
Dans les champs de l'espace a semé les étoiles
Et creusé des sillons au chaos éternel.

Tous ces mondes épars, tous ces astres superbes
Germent, silencieux, dans cette immensité,
Et les mêmes ferments qui font croître les herbes
Tourmentent ces grands corps de leur fécondité.

Quelle moisson étrange, énorme, surhumaine,
Devra sortir un jour de ces sillons géants,
Alors qu'au plus profond de la céleste plaine
Les mondes en travail apparaîtront, béants,

Et lorsque, remué tout entier par la sève,
L'univers, s'entr'ouvrant comme un sol généreux,
Fera jaillir des fruits, comme on en voit en rêve,
Dans la chaleur puissante et terrible des cieux !

*A M. François Coppée, de l'Académie Française*

## LES NIDS ET LES BERCEAUX

### I

Dans les bosquets, sous les ombrages,
Au prix de labeurs infinis,
Loin du vautour, loin des orages,
Le peuple ailé bâtit ses nids.
Et lorsque le printemps se penche,
En souriant, sur les bois verts,
Il en voit un, sur chaque branche,
Eclore à la fin des hivers.

Ils sont tous faits pour qu'on y mette
Le fruit de naïves amours ;
Aigle ou pinson, merle ou fauvette,
Au fond d'un nid naissent toujours.
Pourtant aucun d'eux ne ressemble
Au petit palais du voisin,
Bien qu'un même arbre les assemble
Et souvent un même destin.

Celui-ci, perché dans les branches
Ou bien sur le toit des maisons,
Est fait avec les laines blanches
Qu'aux agneaux prirent les buissons.
Celui-là, logis d'hirondelle,
Sous une fenêtre placé,
Par les soins de l'époux fidèle
De brins de mousse est tapissé.

L'aigle, pour son nid solitaire
Qui doit résister aux autans,
Prend aux entrailles de la terre
Les racines aux nœuds puissants,
Tandis que, folâtre et timide,
La mésange, au bord des ruisseaux,
Recueille sur la plage humide
Les feuilles mortes des roseaux.

II

Par leur nature et leur usage
Et, comme eux, par le ciel bénis,
Près du foyer, dans un ménage,
Les berceaux ressemblent aux nids.
Ils en ont la frêle apparence
Et la douce tranquillité ;
Ils abritent une espérance
Dans leur sein calme et respecté.

J'en ai vu couverts de dentelles,
J'en ai vu bordés de velours ;
Dans les palais l'or étincelle
Sur leurs flancs robustes et lourds ;

D'autres sont faits d'un peu de paille
Ainsi que le berceau d'un Dieu ;
Parfois, au cours d'une bataille,
Le lit d'un troupier en tient lieu.

Mais, quelle que soit sa naissance,
L'enfant a, de plus que l'oiseau,
Un abri que la Providence
Lui garde en ce séjour nouveau ;
Et ce charmant et sûr asile
Fait de deux genoux réunis,
Des berceaux est le plus tranquille,
Comme il est le plus doux des nids.

1882

# A LA MÉMOIRE DE G. BIZET

Comme un soleil, caché sitôt après l'aurore,
Laisse, en disparaissant, d'amers regrets au cœur,
Il n'avait point brillé depuis un jour encore
Que la mort sur son front posait son pied vainqueur.

De ce vase sacré qu'un feu divin colore
Il nous versait à flots l'enivrante liqueur ;
Mais la coupe est brisée ; un destin qu'on déplore
Au banquet d'harmonie apporta la douleur.

Adolescent, devant le monde qui s'étonne,
Il pouvait déjà ceindre une double couronne,
Emule de Wagner, petit-fils de Mozart,

Et lorsque s'ouvriront les portes de l'histoire,
Sur le seuil, on verra lui sourire la Gloire
Et des pleurs de regret monter aux yeux de l'Art.

1883

# SUR DEUX JUMELLES

L'une est plus gracieuse, et l'autre plus touchante ;
L'une a de plus longs cils, l'autre, des yeux plus doux ;
L'une, quand elle parle, est un oiseau qui chante,
Et l'autre, sans parler, fait tomber à genoux.

Celle-ci vous séduit ; celle-là vous attire ;
Et, dans le beau jardin qui réunit ces fleurs,
Chacun, en les voyant, serait tenté de dire :
　　« Ah ! que ne puis-je avoir deux cœurs ! »

# LES PENSÉES

Si, par un miracle charmant,
Par quelque prodige impossible,
Nos yeux pouvaient, soudainement,
Plonger dans le monde invisible,
Nous verrions, sur les verts coteaux,
Passer de grands vols d'hirondelles,
Car nos pensers sont des oiseaux
Dont les paroles sont les ailes.

1883

# LE CYGNE

Mollement incliné sur le flot, il déploie
Son aile douce et blanche à la brise du soir,
Et son col onduleux, qui se dresse et se ploie,
Met des reflets de neige en ce brillant miroir.

Le duvet qui le couvre est plus fin que la soie ;
L'orgueil de la beauté reluit dans son œil noir ;
Et, d'un bec nonchalant, il effleure la proie
Qu'une main délicate apporta du manoir.

Il a, des cœurs heureux, la belle indifférence ;
Le ciel, qui lui voulut épargner la souffrance,
Le fit maître adoré d'un empire charmant ;

Il se laisse bercer aux caresses de l'onde
Et, quand il va mourir, fait unique en ce monde,
Même au seuil du trépas, son soupir est un chant.

# LE TEMPS ET L'AMOUR

## I

Le ciel est pur, l'onde tranquille
Et, sur le fleuve du Destin,
L'Amour, dans sa barque fragile,
Glisse, une rame dans la main.
Mais voici que, sur le rivage,
Paraît soudain, courbé par l'âge,
Un vieillard aux pas hésitants ;
Aussitôt l'enfant de Cythère
Guide sa barque vers la terre
Et l'Amour fait passer le Temps.

Ce que voyant, la jouvencelle,
Qui cueille des fleurs sur le bord,
Suit des yeux la frêle nacelle
Où le Temps, fatigué, s'endort.

Sur sa lèvre naît un sourire
Et ses yeux malins semblent dire :
« Dors, vieillard, dors quelques instants ;
« Que ta paupière reste close ;
« Aimer est une douce chose,
« Car l'amour fait passer le temps ».

## II

Mais bientôt, l'aviron qui plie
Fatigue l'Amour indolent ;
Sur l'onde, la barque, endormie,
Hésite et s'arrête un moment.
Alors le vieillard, qui sommeille
Au fond de la barque, s'éveille
Et saisit la rame à son tour.
Son bras, plein de vigueur encore,
Frappe les flots d'un coup sonore
Et le Temps fait passer l'Amour.

Ce que voyant, la jouvencelle,
Dans l'eau laisse tomber ses fleurs.
Et sur sa rieuse prunelle
Apparaissent soudain des pleurs.
Son cœur accuse la nature
Et, tout bas, sa lèvre murmure :
« Pour le bonheur il n'est qu'un jour...
« La fidélité n'est qu'un songe
« Et la constance, qu'un mensonge,
« Car le temps fait passer l'amour ».

# A LA PRINCESSE P...

En côtoyant la mer plaintive,
J'ai vu, sur le sable aux flots d'or,
Briller une perle, captive
Dans sa coquille humide encor.
La nacre en était transparente,
L'éclat à la fois pur et doux,
Et cette perle si charmante,
        C'était vous.

En passant par une prairie,
J'ai remarqué, parmi ses fleurs,
Une fleur plus épanouie
Et plus riche en fraîches couleurs.
Les brins d'herbe, dans la rosée,
Devant elle s'inclinaient tous,
Et cette fleur si courtisée,
        C'était vous.

Puis, en errant sous la feuillée,
J'ai cru voir, dans l'ombre du bois,
Fuir une fauvette, effrayée,
Ou de mes pas, ou de ma voix.

Mais sa chanson mélodieuse
Aurait pu s'entendre à genoux ;
Cette fauvette harmonieuse,
    C'était vous.

1876

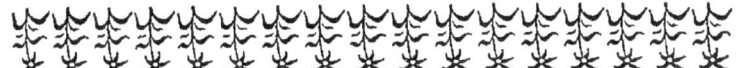

# LA VÉRITÉ SUR LE PAPILLON

La fleur — nous dit la Poésie —
S'ennuyait, en captivité.
Il lui prit un jour fantaisie
De réclamer sa liberté.
Elle ouvrit donc, d'un air timide,
Son pétale, encor tout humide
Des larmes prises à son cœur,
Et, sur un bout de sa corolle
Ecrivit, la petite folle,
Une supplique au Créateur.

Comment envoyer son message ?
Un pinson vint à la heurter.
Elle le saisit au passage
En le priant de s'arrêter :
« Mon ami, veux-tu, lui dit-elle,
« Toi qui vas si loin d'un coup d'aile,
« Porter ma lettre au Roi des dieux ? »
Le pinson, fort aimable bête,
Répondit en baissant la tête
Et prit son essor vers les Cieux.

« Ah ! la fleur est ambitieuse !
« Fit Jupiter, avec bonté.
« Si cela peut la rendre heureuse,
« Accordons lui sa liberté. »
Et prenant deux mignonnes ailes,
Plus légères que des dentelles :
« Porte-lui, dit-il, ce présent,
« Et puisque la terre lui pèse
« Et qu'elle s'y sent mal à l'aise,
« Qu'elle vive en l'air, à présent. »

Notre fleur était fort coquette ;
La parure sut la ravir.
Sa félicité fut complète
Dès qu'elle vint à s'en servir.
Brisant donc sa tige odieuse,
Faisant, de sa lèvre joyeuse,
Un joli sourire au pinson,
Elle quitta le sol morose...
Depuis lors, pour charmer la rose
Nous avons eu le papillon

1876

# LA MORT DE MOZART

« Il faut donc quitter tout cela ! »
*(Parole de Mozart mourant.)*

Lorsque le rossignol, caché dans la verdure,
Voit s'étendre sur lui les ombres du trépas,
Il veut, d'un dernier chant, saluer la nature
Et les beaux soirs dorés qu'il ne reverra pas.

La nuit, qui descendait, dans sa course s'arrête ;
L'eau cesse de couler pour écouter sa voix.
Et la fleur qui, déjà, penchait sa jeune tête,
Se dresse, pour l'entendre une dernière fois.

Alors, le chant divin monte dans le silence
Et de plus en plus lent, et de moins en moins fort.
Et puis, encore un trille, encore une cadence...
Le rossignol se tait...le rossignol est mort.

2***

## II

Mozart, ce fut ainsi que tu quittas la vie ;
Ton âme, en s'envolant, voulait encor des chants.
Jusqu'au seuil du trépas la divine harmonie
S'épandait sur ta lèvre en des accords touchants.

Les pleurs que tu versais, au sortir de ce monde,
Ton grand cœur les nota pour la postérité ;
Ce *Requiem*, écho d'une douleur profonde,
Tu l'écrivis pour toi devant l'Éternité.

Ton génie était fait de toutes les tendresses ;
Ta vie entière fut un chant délicieux.
Pourquoi regrettais-tu les airs que tu nous laisses,
Puisque tu les devais retrouver dans les Cieux ?

# CHANTS DU COEUR

## PREMIÈRE PARTIE

# LE CŒUR HUMAIN

## I

Si l'on pouvait, ouvrant les cavernes de l'onde,
Arriver jusqu'au cœur de l'Océan qui gronde
Et jeter un regard sur ses gouffres sans fond,
Que de vaisseaux broyés, de sinistres épaves,
Que de morts, étendus, immobiles et graves,
On verrait se dresser dans l'abîme profond !

Si l'on pouvait, brisant l'écorce de la terre,
De ses sombres secrets pénétrer le mystère
Et soulever le voile où s'arrêtent nos yeux,
Que d'ossements humains, de nations perdues,
Que d'antiques cités à jamais disparues
L'on verrait se confondre en ces lugubres lieux !

La plainte de la mer et son murmure immense
Qui jamais ne finit et jamais ne commence,
Ne sont-ils point des cris venus du fond des eaux,
Etrange et doux concert de ces voix lamentables,
Dont l'écho, qui s'en vient expirer sur les sables,
Nous arrive affaibli par l'épaisseur des flots ?

Et quand le sol s'entr'ouvre en des élans de rage,
Avec des bruits profonds et des clameurs d'orage,
Ne semblerait-il pas que les morts ont parlé ?
Qu'ils veulent, soulevant ce dôme qui les presse,
Echapper un instant au poids qui les oppresse
Et raconter au monde un monde révélé ?


## II


Hélas ! le cœur de l'homme a bien d'autres abîmes !
A lui les grands secrets, à lui les vrais tombeaux,
Où gisent, côte à côte, et les pleurs, et les crimes,
Et les chagrins anciens près des chagrins nouveaux.
Sol, couvert d'ossements et de débris sans nombre
Que des regards humains n'oseraient plus compter ;
Mer profonde, où des morts sont étendus dans l'ombre
Et qu'un divin pouvoir y vint précipiter.
Illusions d'un jour, espérances d'une heure,
Déceptions, remords, êtres aimés qu'on pleure,
Dans un désordre immense y dorment confondus ;
L'affection déçue y mit sa trace amère
Et le désir trompé des enfants qu'on espère
S'y mêle au souvenir de ceux qu'on a perdus.

Et l'on s'étonnerait, devant un tel mystère,
Que d'un gouffre semblable il sortît des sanglots ?
Des feux, plus dévorants que les feux de la terre,
Des cris, qui couvriraient le murmure des flots ?
Non ! non ! le cœur de l'homme est plus grand que le monde ;
Il a, quand il gémit, des sons prodigieux.
Ce qui sort de lui garde une empreinte profonde
Et ses moindres soupirs montent jusques aux Cieux.

La mer, en frémissant, vient mourir sur les plages
Si vaste qu'elle soit, la terre a ses confins,
Mais le Ciel à nos cœurs ne fit point de rivages
Et pour bornes, notre âme a ses dernières fins.

# TROIS SOUHAITS

Quand un bonheur me vient, quand un penser m'enflamme,
Quand un rayon d'espoir brille à mes yeux souffrants,
Pour les garder toujours dans l'esprit et dans l'âme,
Je voudrais m'endormir, — comme font les enfants.

Quand un parfum léger sur la brise m'arrive,
Quand un souffle, en passant, caresse mes douleurs,
Pour en garder toujours l'empreinte fugitive,
Je voudrais me fermer, — ainsi que font les fleurs.

Quand j'ai, sur le front pur d'un enfant qui sommeille,
Pris un baiser discret, sans bruit, sous les rideaux,
Pour en garder toujours la douceur sans pareille,
Je voudrais m'envoler, — comme font les oiseaux.

# DÉPART

Allons, cavalier, l'heure sonne !
Le fer de ton cheval résonne ;
Entends-tu son mors retentir ?
Le vent hurle contre la porte,
L'orage gronde, mais qu'importe ?
  Il faut partir.

C'en est fait des douces veillées
Et des brumes ensoleillées
Qui réjouissaient ton réveil.
C'en est fait des beaux soirs d'automne
Et de la chanson monotone
Du grillon, qui parle au sommeil.

Le temps n'est plus des rêveries,
Ni des charmantes causeries,
Le soir, un pied sur les chenets.
Tu n'iras plus, à la nuit faite,
Ecouter ce que la fauvette
Murmure aux jeunes sansonnets.

Croyais-tu donc qu'il fût au monde
Un bonheur plus constant que l'onde
Ou moins rapide que l'éclair ?

Ne vois-tu point que la rosée
Dans les champs à peine posée,
S'envole au moindre souffle d'air ?

Ne sais-tu point que rien ne dure,
Ni le plaisir, ni la verdure,
Ni le printemps, ni les amours,
Et que la vie est une rose
Dont la corolle, à peine éclose,
Perd une feuille tous les jours ?

Allons, cavalier, l'heure presse !
Voici que ton cheval se dresse...
En selle ! en selle ! Il faut partir.
Mais ton bonheur, qui bat de l'aile,
Un jour, ainsi que l'hirondelle,
      Peut revenir...

                      1882

# L'AMOUR DORT

L'amour dort sous les mers profondes
Aux murmures vagues et doux.
Ne l'éveillez pas, belles ondes...
Il dort si bien, bercé par vous.

L'amour dort dans les fleurs, écloses
Sous le souffle embaumé du vent.
Ne l'éveillez pas, jeunes roses...
Il sommeille si doucement.

L'amour dort, au sein des espaces
Où chante le chœur des oiseaux.
Ne l'éveilles pas, vent qui passes...
Il est si calme, son repos.

Mais il dort aussi dans nos âmes ;
Pour goûter le bonheur, un jour,
O jeunes gens, ô jeunes femmes,
Faudra-t-il éveiller l'amour ?

## AUX JEUNES MÈRES

Les vieux airs que chantaient les lèvres de vos mères,
Vous pourrez les redire, un jour, à vos enfants,
Comme un écho lointain, durant les nuits amères
Que l'on passe, au chevet de ces êtres souffrants.
Vous qu'on savait charmer à leur bruit monotone
Et que l'on endormait en vous berçant longtemps,
Vous les retrouverez au seuil de votre automne
       Ces douces chansons du printemps.

Comme un parfum subtil de votre cœur de femme,
Sur votre lèvre tendre elles viendront flotter ;
Leur triste et lent concert sommeillait en votre âme ;
Un cri d'enfant suffit pour les ressusciter.
Et moi qui, jeune encor, vous connus à cet âge
Où vos yeux ne s'ouvraient que pour se refermer,
Je vous verrai, veillant auprès d'un cher visage
       Que ces vieux airs sauront calmer.

# AUX SCEPTIQUES

Pourquoi voulez-vous que l'on naisse
Sans un rayon, sans un feu pur ?
Elle est si tendre, la jeunesse ;
Il est si vaillant, l'âge mûr.
De l'univers, célestes âmes,
Les étoiles ont des ardeurs.
Le Ciel aux astres mit des flammes...
Ne peut-il pas en mettre aux cœurs ?

Pourquoi voulez-vous que l'on vive
Sans jamais s'épandre au dehors ?
Notre soif d'aimer est si vive,
Nos désirs de bonheur si forts.
Dans les jardins, à peine écloses,
On voit s'épanouir les fleurs.
Le Ciel mit des parfums aux roses...
Ne peut-il pas en mettre aux cœurs ?

Pourquoi voulez-vous que l'on passe
Sans avoir cherché les sommets ?
Sans prendre son vol dans l'espace
Pour y séjourner à jamais ?

Pétris par des mains immortelles,
Nous sommes faits pour les hauteurs... ;
Le Ciel aux oiseaux mit des ailes...
Ne peut-il pas en mettre aux cœurs ?

1883

# LES HIRONDELLES

Oiseaux, dites vos chants joyeux
Et, dans les vertes avenues,
Passez, ô couples amoureux ;
Les hirondelles sont venues.

Fleurs, inclinez vos fronts charmants
Et, dans les retraites cachées,
Disparaissez, heureux amants...
Les hirondelles sont couchées.

Venez, venez, fin des beaux jours
Et, dans le fond des cœurs blotties,
Endormez-vous, vieilles amours...
Les hirondelles sont parties.

1883

# QUAND JE PARTIS

Quand je partis, sa voix était fraîche et sonore
Et ses vingt ans riaient au fond de ses grands yeux ;
Quand je revins, à peine on l'entendait encore
Et son regard éteint cherchait en vain les Cieux.

Quand je partis, son cœur battait à mon approche
Et, la main dans la main, nous nous parlions tout bas ;
Quand je revins, ce cœur n'eut pas même un reproche ;
Il m'entendit passer et ne tressaillit pas !

Quand je partis, j'avais, de feuilles qu'on enlace,
Orné ses longs cheveux, si souples et si beaux.
Quand je revins, ce fut pour trouver à leur place
La couronne de fleurs qu'on met sur les tombeaux.

1882

## BONHEUR PASSÉ

J'ai posé mon front dans mes mains,
Aux longues heures de tristesse,
En songeant aux jours d'allégresse
Suivis de sombres lendemains.

Et, m'en allant par les chemins,
J'ai pensé, j'ai pensé sans cesse,
Combien peu durait chaque ivresse
Au fond des pauvres cœurs humains.

Mais, à ma première espérance,
De cette rude expérience
Je n'ai point su me souvenir ;

Insensé ! vais-je croire encore
Qu'ils dureront plus d'une aurore
Mes quelques bonheurs à venir ?

1883

# FIN D'ORAGE

Sur la feuille des bois on voit rouler encore
Les derniers pleurs du ciel apportés par le vent,
Et le ruisseau qui court dans le vallon sonore
Garde, après la tempête, un long bruit de torrent.
Mais il monte un parfum de toute la nature ;
La fleur ouvre à nouveau son calice emperlé,
Tandis qu'un rayon d'or, glissant sous la verdure,
Rend aux oiseaux jaseurs leur doux chant envolé.

Il en advient ainsi des chagrins de l'enfance
Que l'amour maternel, d'un mot, sut apaiser ;
Plus d'une larme encor dans les cils se balance,
Plus d'un sanglot plaintif au cœur vient se briser.
Mais la gaieté reprend bien vite son empire
Et, sur la lèvre rose, a des bruits de ruisseau.
Le front pur s'éclaircit ; puis, avec un sourire,
Le doux babil renaît ainsi qu'un chant d'oiseau.

1882

# VOI CHE SAPETE

Dans le doux sentier que j'explore,
Je n'ai rien vu jusqu'à ce jour.
Ah ! qui pourra me dire encore,
Qui me dira ce qu'est l'amour ?

Est-ce une caresse ? un sourire ?
Un baiser, tendre ou douloureux ?
Un bien, qui fait que l'on soupire ?
Un mal, qui rend parfois heureux ?
Est-ce un frisson qui court dans l'être
Un regard, payé de retour ?
L'amour, c'est tout cela, peut-être...
Rien de tout cela n'est l'amour.

Il est tant de caresses feintes,
Il est tant de baisers surpris
Et, dans ces rapides étreintes,
Si peu de cœurs vraiment épris.
Le doux nom qui monte à la lèvre
Jusqu'au cœur ne se fait point jour.
Quand il tressaille, c'est la fièvre,
Mais non la fièvre de l'amour.

Et pourtant il flotte dans l'âme
On ne sait quel besoin d'aimer.
Nos cœurs sont remplis d'une flamme
Qu'un souffle pur doit animer.
Mais ce souffle, auquel on aspire,
Sur moi doit-il passer un jour ?
Ah ! qui donc peut encor me dire,
Qui me dira ce qu'est l'amour ?

# PLAINTE

Prodigieux élans d'un cœur pressé de vivre,
Désirs, amours soudains, tristesses et douleurs,
Soupirs mystérieux dont notre âme s'enivre
Et qui, nés d'un sourire, ont fini dans les pleurs,
Soif ardente du bien, du mal et de la faute,
Remords vite étouffés sous de nouveaux remords,
Plaisirs amers et doux, passion vile ou haute
D'un être qui tressaille et qui ronge son mors...
Voilà tous nos vingt ans et tout notre partage,
A nous, enfants d'Adam, qui vivons dans les fers,
Rivés à notre sol par un rude esclavage,
Le front touchant les cieux, le pied dans les enfers.

Pourquoi ce vent maudit qui passe sur nos têtes !
Pourquoi ces souffles purs qui traversent nos cœurs ?
Et pourquoi ces combats, et pourquoi ces tempêtes ?
Et ces succès d'un jour ? et ces calmes trompeurs ?
Quel démon nous transporte et quel Dieu nous apaise ?
D'où vient qu'au même instant, triomphants et vaincus,
Nous voyons, surgissant de leur noire fournaise,
Nos vices en fureur écraser nos vertus !

Nous luttons, nous souffrons, nous jetons dans l'espace
Des cris désespérés qui montent vers les cieux,
Notre courage meurt et notre ardeur se lasse,
Et voici que, soudain, roule, pesante masse,
Ce rocher que montaient nos bras victorieux.
Et nous redescendons, et nous luttons encore,
Esclaves de l'amour ou forçats du devoir,
Et nos efforts géants vers le Dieu qu'on implore
Pour unique soutien n'ont qu'un fragile espoir.

1882

## LES TROIS AGES

Votre printemps, qui vient d'éclore,
Pour l'amour vous a su former.
Si votre âme est muette encore,
Il va venir, le temps d'aimer.

Et voici que cette indolente,
Tout à coup, semble s'animer...
Vous ne vivrez plus dans l'attente :
Il est venu, le temps d'aimer.

Mais, hélas ! comme il est rapide
Cet instant qui savait charmer ;
Votre front, jadis pur, se ride...
Il est passé, le temps d'aimer.

1878

## COMME LE CŒUR EST TRISTE...

Comme le cœur est triste aux départs de la terre ;
Comme il est las de battre, et de changer toujours !
C'est en vain qu'il voudrait retenir d'heureux jours ;
L'heure qui va sonner est souvent la dernière
Pour l'un de ses plaisirs ou l'un de ses amours.

Emporté par le flot rapide des années,
Il n'aura plus demain ce qu'il cherche aujourd'hui.
Son bonheur est à peine arrivé, qu'il a fui.
Il respire un instant des fleurs, bientôt fanées,
Dont le parfum, deux fois, ne monte pas vers lui.

1882

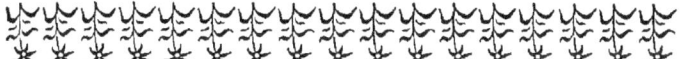

# DÉSIRS

Rien ne résiste au temps et tout change avec l'âge ;
Bonheurs, souhaits, désirs, nous quittent tour à tour,
Et leur flot, sur nos cœurs comme sur le rivage,
Est à peine arrivé qu'il les fuit sans retour.

Plus le charme en est grand et plus l'heure en est brève ;
La douce illusion n'en dure qu'un moment
S'ils nous rendent heureux, c'est l'espace d'un rêve,
Calices embaumés qu'effeuillera le vent.

Car, de leur noir cachot nos âmes immortelles
Dans un sublime élan s'emportent vers les cieux,
Et ne peuvent jamais qu'effleurer de leurs ailes
Ce qui séduit nos cœurs en passant par nos yeux.

1880

# SITIO !

« J'ai soif ! » disait le Christ de sa voix expirante.
« J'ai soif! » répétait-il, en regardant le Ciel.
Un soldat lui tendit, avec sa main sanglante,
Le breuvage mêlé de vinaigre et de fiel.

Et moi, j'ai soif aussi ! mortelle créature,
Comme un cerf altéré dans les halliers déserts,
Je cherche vainement une source d'eau pure ;
Ma voix qui la réclame à toute la nature
Retombe sans écho dans ce vaste univers.
Ma lèvre desséchée, à plus d'une fontaine,
Voudrait se rafraîchir, au moins quelques instants.
Malgré tout son désir, elle s'y plonge à peine ;
Le vinaigre et le fiel dont cette coupe est pleine
Du breuvage trompeur l'éloignent pour longtemps.

J'ai soif ! non point d'amour, de plaisir ou de gloire ;
L'amour ne laisse au cœur que regrets ou remords ;
Le plaisir est un bien dont on perd la mémoire,
Et la gloire, ici-bas, n'est promise qu'aux morts.
J'ai soif d'un inconnu qui m'obsède et m'attire,
D'un bonheur, qu'il me semble atteindre chaque jour ;
Quand je crois y toucher, il paraît me sourire
Et quand j'y touche enfin, il me fuit sans retour.

J'ai soif !... Il me serait si facile de vivre
Sans cette aridité que je me sens au cœur,
Dont rien ne me distrait, dont rien ne me délivre,
Dont rien, depuis vingt ans, ne calma la douleur.
J'ai soif !... et cependant j'aurais aimé la vie,
Mais l'Arabe, ce rude habitant du désert,
De s'attacher au sable eût-il jamais envie
Quand l'oasis, au loin, étend son rideau vert !

J'ai soif. On m'a montré, frêle et douce espérance,
Une source qui brille aux rayons du matin.
Celles qui m'attiraient ont doublé ma souffrance ;
Je mets tout mon espoir en ce ruisseau lointain.
Je ne le puis juger qu'au doux bruit de son onde,
Car mes yeux ne l'ont vu ni sourdre, ni jaillir ;
J'ai soif... mais l'on m'a dit qu'au delà de ce monde,
Ce breuvage divin me saurait rafraîchir.

1882

*A M. Ch. Blanchard*

———

# PARFUMS OU CHANSONS ?

Qui nous rappelle mieux les choses d'autrefois ?
Est-ce le son lointain d'une cloche d'église ?
Est-ce une fleur fanée ? ou l'écho d'une voix ?
Ou le parfum léger apporté par la brise
Qui nous rappelle mieux les choses d'autrefois ?

Le cœur n'est point flétri par le temps ; il repose
Toujours ardent et jeune, en notre corps vieilli.
Il dort... Pour l'éveiller comme il faut peu de chose !
La chanson d'un oiseau, la senteur d'une rose,
Un souffle de printemps sur notre front pâli...

1882

# SAGESSE

Il faudrait, pour vivre en sage
Et s'en aller, à tout âge,
    Sans douleur,
Passer, comme l'hirondelle,
En frôlant du bout de l'aile
    Le bonheur.

Comme l'onde fugitive
Qui baise à peine la rive
    En glissant,
Il faudrait, à la jeunesse,
Faire à peine une caresse
    En passant.

Mettre une lèvre prudente
Dans la coupe débordante
    De l'amour,
Et s'en aller au plus vite
Avant que le cœur palpite
    A son tour.

Comme l'on voit une abeille
Prendre à la rose vermeille
    Sa liqueur,
Et s'enfuir à tire d'aile
Sans garder souvenir d'elle
    En son cœur.

# LA MÉLANCOLIE

I

Première fleur, éclose aux plaines de la vie,
Premier flot déposé sur les rives du cœur,
En ta mystérieuse et sauvage douceur,
    D'où nous viens-tu, mélancolie?

Doù nous viens-tu ? Ta voix, dès nos plus jeunes ans,
Comme un lointain écho résonne à notre oreille
Et les pensers confus qu'en notre âme elle éveille
Nous endorment, vieillards, et nous bercent, enfants.
Sans toi le souvenir aurait bien moins de charmes
    Et l'amour vrai, moins de grandeur,
    Car si tu fais parfois couler des larmes,
Ce ne furent jamais des larmes de douleur.

On dit qu'en leur indifférence
Les anciens ne connaissaient pas
Cette aimable et chère souffrance
Qui ne nous quitte qu'au trépas.

S'il était beau, s'il était brave,
S'il possédait plus d'un esclave
Et plus d'un noble protecteur,
On ne voyait jamais, dans Rome,

Un fier et robuste jeune homme
Passer avec un front rêveur.
Car, dans sa croyance païenne,
L'amour avait rang chez les dieux ;
En sa faveur, c'était sans peine
Que l'Amour descendait des cieux
Sous le beau soleil d'Italie,
Il marchait gaiement dans la vie,
Sans remords, comme sans espoir ;
Le trépas seul, ou l'esclavage
Pouvaient, en cette âme sauvage,
Sonner le glas du désespoir.

Parfois, quelque noble poète,
Précurseur des temps à venir,
Chantait en relevant la tête
Et regardait dans l'avenir.
Sur les hauteurs du Pausilippe,
Pensif, aux approches du soir,
Son bras appuyé sur un cippe,
Le doux Virgile allait s'asseoir.
Et là, près de la mer profonde,
Sous les orangers aux fruits d'or,
Il cherchait le secret du monde
Avec des yeux, païens encor.
Son âme, délicate et fière,
Voyait déjà le grand mystère
Surgir aux célestes parvis,
Et, tout à coup, comme lassée,
Il sentait mollir sa pensée
Dans l'ombre impalpable des nuits.

Car, ainsi qu'on voit, de la plaine,
Un pic, de l'aurore lointaine

Saisir la première clarté,
C'était une âme de grand homme
Que dorait, aux beaux jours de Rome,
L'aurore de la vérité.


## II


Quand le Ciel, en s'ouvrant, illumina la terre,
L'univers tressaillit devant ce grand mystère ;
Quand il vit, sur la croix, expirer le Sauveur,
Le monde tout entier en demeura rêveur.
Car la Rédemption, levant un coin du voile,
Le laissait retomber sur notre humanité,
Bien qu'à travers la nuit, cette lueur d'étoile
Arrivât, pure encore, à la postérité.
On vit alors, livrée à ses longues études,
La foule des chrétiens peupler les solitudes ;
Toute grotte eut un saint, tout roc, un bienheureux.
On se sentait au cœur une vague tristesse,
On cherchait le désert pour y prier sans cesse
Et tous les fronts, pensifs, se tournaient vers les Cieux.
L'amour, purifié, ne fut plus en ce monde.
Un dieu, jeune et lascif, égayé par le vin ;
Le Ciel en fit, au fond de l'âme qu'il inonde,
Un reflet égaré du grand amour divin.
Les faux dieux, en tombant, écrasaient sous leur marbre
La débauche cynique et les plaisirs menteurs ;
De plus doux fruits poussaient sur les rameaux de l'arbre
Que le Christ, en mourant, féconda de ses pleurs.
La terre, où folâtraient les antiques bacchantes,
Où les Romains, brûlés de vapeurs enivrantes

RÊVES.                                           3**

Faisaient de l'existence un fol et long festin,
La terre fut un lieu d'exil, où l'espérance,
Mêlant à sa douceur une vague souffrance,
Savait parler aux cœurs d'un plus noble destin.

———

Le monde, en vieillissant, garda la forte empreinte
Qu'avait mise en son cœur cette vision sainte ;
Le Moyen-Age, alors, parut sur le chemin,
Une croix sur l'épaule, une lance à la main.
On vit, du haut des tours, les nobles châtelaines,
Laissant flotter au loin leurs regards sur les plaines,
Chercher, à l'Orient, l'ombre des chevaliers
Dont la valeur sublime et dont la foi guerrière
Traçaient, avec un sang qui rougissait la terre,
L'histoire du Sépulcre au front des boucliers.
Les troubadours disaient leurs ballades plaintives :
Le son du cor pleurait, lugubre, au fond des bois,
Et l'amour, ennobli de ses ardeurs naïves,
      Régnait, triste et doux à la fois.

A ce concert voilé, montant dans le silence,
La musique, bientôt, joignit ses purs accents.
Pour arriver aux cieux elle eut plus d'éloquence ;
Les cris de la douleur en furent plus puissants.
Palestrina faisait gémir les harpes saintes ;
Sous les doigts de Rameau l'orgue jetait ses plaintes ;
Le chœur des bienheureux chantait avec Mozart,
Tandis que Beethoven, créature indomptée,
Epanchant en sanglots son âme tourmentée,
Arrivait d'un seul bond jusqu'aux sommets de l'art.

Et ce superbe écho qui traversait le monde
En réveillant les morts sous la terre profonde
Etait, pour les vivants, un langage du Ciel ;
Il en avait la force et la mélancolie,
Comme ce qui descend aux plaines de la vie
Pour remonter ensuite au séjour éternel,

### III

Et nous avons suivi l'exemple de nos pères ;
Nous apprîmes, comme eux, à plier les genoux ;
A travers l'Océan des tristesses amères,
Leur pensif héritage est venu jusqu'à nous.

Nous prions. La prière éclose à notre lèvre
Va puiser en nos cœurs des accents attristes ;
En y cherchant le calme, elle y trouve la fièvre,
Et passe, en frémissant, dans les airs tourmentés.

Nous aimons ; et l'amour que nous prend une fèmme,
Trop souvent, est moins près du rire que des pleurs.
Ce souffle fécondant qui nous traverse l'âme
Y fait naître encor plus de ronces que de fleurs.

Nous chantons ; et le chant, sur notre lyre humaine,
Par un profond soupir est parfois retenu ;
Le temps des airs plaintifs est de notre domaine ;
Celui des airs joyeux n'est pas encor venu.

1882

*A Émile Augier*

## PLAISIR ET BONHEUR

Le plaisir, c'est une prunelle
Qui vous lance, en passant, ses feux ;
Le bonheur, un regard fidèle
Qui brille au fond de deux grands yeux.

Le plaisir, c'est la valse ardente,
La taille que l'on va presser,
Et le bonheur, la voix qui chante
Un air ancien, pour vous bercer.

Le plaisir, c'est la renommée,
La gloire aux appas triomphants,
Et le bonheur, la femme aimée
Qui vous donne de beaux enfants.

Le plaisir se perd dans l'espace,
Le bonheur à l'âme s'unit ;
Le plaisir, c'est l'oiseau qui passe,
Le bonheur, l'oiseau dans son nid.

# CHANSON D'AUTOMNE

Au penchant des coteaux j'ai cueilli la pervenche,
En prenant un baiser sur une joue en fleur ;
Comme un oiseau joyeux se pose sur la branche,
Un amour, à vingt ans, s'est posé sur mon cœur.

Des larmes du Matin ma lèvre, rafraîchie,
Buvait aussi des pleurs au seuil de deux grands yeux,
Et je sentais en moi mon âme, épanouie,
Comme un beau lis qui s'ouvre à la clarté des Cieux.

Mais qui passe plus vite au courant des années ?
J'ai voulu retrouver le baiser et la fleur ;
Sur les coteaux déserts les fleurs étaient fanées
Et le baiser, pour moi, n'avait plus de douceur.

Il suffit d'un rayon pour boire la rosée
Dans les cils d'une femme et sur l'herbe des champs ;
Par le soleil toujours la terre est embrasée,
Mais je n'ai plus au cœur l'amour de mes vingt ans.

# LES NUITS

J'aime les nuits d'été ; la brise qui s'élève,
Caresse mollement mon front appesanti ;
Je m'étends, loin du bruit, sur la plage et je rêve. .
Tandis qu'autour de moi l'écume de la grève
Arrive en frissonnant sur le flot ralenti.

J'aime les nuits d'automne où règne le silence,
Où la brume descend sur le monde endormi ;
Je me couche dans l'herbe encor verte, et je pense...
Tandis que, près de moi, le grillon, en cadence,
Murmure sa chanson qui me berce à demi.

J'aime les nuits d'hiver: l'ombre, où mon regard plonge,
S'emplit sinistrement de la plainte des bois ;
Je m'asseois, frémissant, près de l'âtre, et je songe,
Tandis que, devant moi, la flamme, qui s'allonge,
Met des reflets ardents sur les sombres parois.

Mais les nuits de printemps n'ont jamais su me plaire.
Pourquoi, quand tout sourit au soleil ranimé,
Reprend-il, chaque soir, sa chaleur à la terre ?
Au joli mois de mai j'aime tant la lumière
Que les nuits de printemps ne m'ont jamais charmé.

# POURQUOI?

J'ai frappé sur le plaisir
Au vieux temps de ma jeunesse,
— Me disait, avec tristesse,
Un vieillard près de mourir.
C'était un métal sonore,
Mais je me rappelle encore
Comme il sonna creux pour moi.
J'y cherchais la jouissance
Et j'y trouvai la souffrance !...
      Pourquoi ?

J'ai voulu boire à l'amour,
Au vieux temps de ma jeunesse,
M'étourdir en cette ivresse
Qui prend chacun tour à tour.
Mais l'onde, qui désaltère
Tant d'autres, me fut amère ;
J'en ai reculé d'effroi.
Ma lèvre, y puisant à peine,
A laissé la coupe pleine...
      Pourquoi ?

J'avais rêvé, tout enfant,
De connaître un jour la gloire ;
Avoir un nom dans l'histoire
Est un rêve triomphant.

Mais, dès que la renommée
Eut à mon âme charmée,
Fait sentir sa douce loi,
Cette âme, jadis avide
De gloire, la trouva vide...
    Pourquoi ?

Ah ! que j'ai cherché souvent
Où s'alimentait la flamme
Qui, pétillant en mon âme,
La consumait lentement !
Au dire de tout le monde,
J'étais heureux comme un roi :
Heureux ! moi ! quelle folie !...
J'ai pleuré toute ma vie...
    Pourquoi ?

Mais depuis que je suis vieux,
J'ai résolu ce problème :
C'est la vieillesse elle-même
Qui m'a dessillé les yeux.
Je vais, en quittant la terre,
Pénétrer ce grand mystère,
Car je meurs et j'ai la foi.
Je vivais dans le délire...
Le Ciel, enfin, va me dire
    Pourquoi !

# LA MORT DE L'ENFANT

Parti !... plus de chansons, ni de cris de colère,
Plus de ces bruits si chers aux oreilles du cœur
Et qui semblaient si doux à l'orgueil d'une mère,
Parce qu'ils révélaient une précoce ardeur.
Plus de ces pieds mignons, qu'on réchauffe à la flamme,
Plus de chagrins plaintifs qu'on berce entre ses bras ;
Les pieds se sont glacés dans le froid du trépas,
Les chagrins se sont tus sur les lèvres de l'âme


Mère ! que fais-tu donc près de ce lit d'enfant ?
Ne te souvient-il plus que cette couche est vide ?
Cherches-tu, par hasard, sur son oreiller blanc,
Des derniers pleurs versés la trace encore humide ?
Ou crois-tu voir passer, dans un rêve cruel,
Le doux rayonnement de ce dernier sourire
Que ton enfant donnait aux douleurs du martyre,
Et qui devint bientôt un sourire éternel ?


De grâce, éloigne-toi. Si tu n'y prenais garde,
Ta voix dirait encore un chant pour l'endormir
Ta main, sur le rideau s'égarant, par mégarde,
Le fermerait, peut-être, avec un doux soupir.

Et tu resterais là, mère silencieuse,
Croyant de ton enfant respecter le sommeil...
Grand Dieu ! L'horrible songe, et l'horrible réveil
Si ta main soulevait la tenture soyeuse !...

## UN CŒUR

J'ai vu s'envoler l'hirondelle,
Et le printemps vient de finir !
Vers d'autres lieux pourquoi fuit-elle ?
C'est qu'elle a touché de son aile
Mon cœur... et mon cœur l'a fait fuir.

J'ai vu soudain passer la rose,
Et l'été, pourtant, nous sourit !
Elle est morte... L'étrange chose !
Non, car c'est elle qui repose
Sur mon cœur, où tout se flétrit.

J'ai vu se glacer la rivière,
Et l'automne à peine est venu !
Mais ses flots avaient su me plaire.
Et le ciel semble, en sa colère,
Frapper tout ce que j'ai connu.

Ah ! c'est qu'à la saison nouvelle,
Quand tout se réchauffe dans l'air,

Mon cœur, loin de fleurir comme elle,
Garde sa froidure éternelle
Et sert de refuge à l'hiver.

1881

# LES MATINS ET LES SOIRS

Le matin nous séduit. Il est plein d'espérance ;
Il pousse vers les cieux un soupir triomphant.
Il sourit au bonheur et calme la souffrance ;
Il est doux, il est pur, comme un regard d'enfant.

En chassant les horreurs de la nuit fugitive,
Il verse sur le monde un charmant renouveau ;
Et l'onde, plus gaiement, vient caresser la rive,
Et la fleur, sous ses doigts, prend un parfum nouveau.

Mais le soir nous attriste en attristant la terre ;
Dans sa majesté sombre, il ressemble à la mort ;
Il en a la pâleur, il en a le mystère,
Il a le marcher lent de l'implacable sort.

Il est le précurseur de l'ombre criminelle,
De la nuit qui descend, le morne serviteur ;
Et l'oiseau cache alors sa tête sous son aile,
Et l'homme sent s'étendre un voile sur son cœur.

Mais il est des matins enveloppés de brume
Et dont le jeune front est couvert de brouillards,
Où nul rayon vermeil au Levant ne s'allume,
Où nul astre, au Zénith, ne doit briller plus tard.

Matins de l'artisan, courbé sur son ouvrage
Et qui voit devant lui de longs jours sans repos,
Matins du laboureur, dont la mort et l'orage
Ont ravagé les champs, décimé les troupeaux :

Matins du criminel et matins de l'athée
Où le remords cuisant met aux fronts un linceul,
Où, d'un doute éternel une âme inquiétée,
Ne vit jamais le jour descendre en son cercueil.

———

Il est aussi des soirs dont la beauté sereine
Garde, jusqu'à la nuit, un éclat sans pareil,
Où l'étoile, tombant dans la céleste plaine,
Semble un morceau d'or pur détaché du soleil ;

Où l'ombre, qui s'en vient reprendre son empire,
N'éveille dans notre âme aucun triste penser ;
Où tout ce qui sourit et tout ce qui respire,
S'assoupit ou s'endort en se laissant bercer.

Ce sont les soirs heureux de quelque noble vie,
Dont rien, à son déclin, n'altère la splendeur,
Qui voit venir la mort sans crainte et sans envie
Et qui lui tend la main, comme un frère à sa sœur.

Ce sont les soirs bénis du chrétien sans reproche,
Pour qui l'ombre elle-même est pleine de clarté,
Et qui se sent le cœur tranquille, à son approche,
Car, pour lui, cette mort sera l'éternité.

# LA NATURE

## VUE PAR LE POÈTE

Quand vous errez sous les ombrages,
Solitaire et rêvant tout bas,
Tandis que les biches sauvages
Détalent, au bruit de vos pas,
Si quelque trait brillant, dans l'ombre,
En glissant sous la voûte sombre
De ses clartés vous éblouit,
Ce beau rayon d'or qui scintille,
Ce n'est point le soleil qui brille...
C'est un espoir qui vous sourit.

Lorsque, près de la mer sonore,
Pensif et le cœur oppressé,
Vous voulez remonter encore
Le cours attristant du passé,
Si quelque douce et folle brise,
Compagne du flot qui se brise,
Autour de votre front survient,
Ce vent, caresse de l'espace,
Ce n'est point un souffle qui passe...
C'est un souvenir qui revient.

Quand vous errez dans la prairie,
Au matin de votre printemps,
Butinant ces fleurs de la vie
Que va flétrir la main du temps,
Si quelque fauvette effrayée,
Pour se blottir dans la feuillée,
Fuit votre passage indiscret,
Ce petit être qui s'envole
N'est pas un oiseau qui vous frôle...
C'est un rêve qui disparait.

1883

## A LA JEUNESSE

Si vous voulez apprendre, il est temps ; à notre âge,
L'esprit est plus subtil, les yeux sont plus perçants.
Si vous voulez instruire, attendez : il est sage
D'avoir des cheveux gris quand on parle aux enfants.

Si vous voulez aimer, il est temps ; l'heure presse.
Il est moins doux d'aimer quand on n'a plus vingt ans.
Si vous voulez haïr, attendez ; la jeunesse
Ne doit jamais nourrir de pensers attristants.

Si vous voulez sourire, il est temps ; notre bouche
Prend si vite le pli qu'impriment les douleurs.
Si vous voulez pleurer, attendez : ce qui touche,
C'est, dans les yeux vieillis, de voir couler des pleurs.

1882

# AVENIR

Si, quelque jour, j'allais aimer,
Ce serait aux longs soirs d'automne,
Alors que, prête à se fermer,
La fleur, un peu triste, frissonne.
Elle viendrait au bord de l'eau,
Brune et pâle, douce et rêveuse,
Avec sa taille de roseau,
Ses yeux, couleur de scabieuse.

Dans le sentier qu'elle prendrait,
La feuille serait verte encore,
Et l'alouette chanterait
Ainsi qu'aux rayons de l'aurore ;
Mais il passerait, dans les airs,
La vision des jours moroses
Et l'on sentirait, des hivers,
Le souffle courir sur les roses.

Bien doucement, à ses genoux,
J'irais incliner ma jeunesse ;
Un rayon descendrait sur nous,
Muet témoin de ma promesse ;

Et je m'éloignerais, rêveur,
L'âme à la fois triste et ravie,
Car jamais l'amour, dans mon cœur,
N'entrera, sans mélancolie.

1883

# TRADUIT

## D'HENRI HEINE

Sur les jolis yeux de ma bien-aimée,
J'ai fait un sonnet rempli de douceur ;
J'ai fait de beaux vers sur son front d'Almée
Et des vers charmants sur sa joue en fleur ;
J'en pourrais aussi faire sur son cœur...
S'il était un cœur en ma bien-aimée.

# LES AMOURS D'AUTREFOIS

Vous qui restez assis, pensif à la fenêtre,
    En regardant les cieux,
Et dont le doux printemps, qui vient de disparaître,
    Rend le front soucieux,
Vous avez, comme moi, rêvé d'amours fidèles,
    D'immortelles amours,
Et votre jeune cœur, en désespérant d'elles,
    Les poursuivait toujours.

Les contes d'autrefois, les légendes naïves
    Dont on vous a bercé,
Comme moi vous savaient entraîner sur les rives,
    Les rives du passé,
Tandis que votre esprit, avide de mensonges
    Et bien vite attristé,
Dédaignait le présent et préférait les songes
    A la réalité.

Vous dressiez des autels à quelque chère idole,
    Vous aimiez, n'est-ce pas ?
Desdémone endormie au fond de sa gondole,
    Fleur promise au trépas,
Titania dansant sur l'onde frémissante,
    Hélène aux doux attraits,

Edith au col de cygne et Geneviève, errante
    Au milieu des forêts.


Quand la brise du soir apportait ses caresses
    A votre âme, en passant,
Il vous semblait sentir flotter de blondes tresses
    Sur votre front pesant ;
Dans les frissonnements rapides du feuillage
    Vous entendiez les voix,
Dans l'ombre, vous voyiez passer le doux visage
    Des femmes d'autrefois.


Gardez, gardez longtemps ces aimables chimères
    Et ces pensers lointains,
Dont le charme puissant berçait vos nuits amères
    Et dorait vos matins.
Vivez, vivez longtemps dans ce rêve limpide,
    Sachez le rappeler,
Sachez le retenir quand, d'une aile rapide,
    Il voudra s'envoler.


Il est en ces amours, pour l'âme du poète,
    Une rare douceur,
Un parfum pénétrant qui soulage la tête
    Et console le cœur.
Sur les plus hauts sommets le Ciel les a fait naître
    Et celles d'ici-bas,
Plus fécondes, parfois, moins vivantes, peut-être,
    Ne les remplacent pas.

1882

# DEUXIÈME PARTIE

# A L'ABBÉ P. VIGNOT

Non omnis moriar.

*(Horace.)*

Lorsqu'il se fut assis en face de sa gloire,
Horace, accumulant victoire sur victoire,
Sentit profondément frémir son cœur altier ;
Et, dans un noble accès de vanité suprême,
Il s'écria, superbe au sein de l'orgueil même :
    « Je ne mourrai pas tout entier ! »

« J'ai fait un monument solide, impérissable,
« J'ai bâti sur le roc, et non point sur le sable :
« Mon nom brille, éternel, au fronton d'un palais
« Et la postérité pourra voir, d'âge en âge,
« Resplendir ce flambeau, mon immortel ouvrage,
    Qu'aucun vent n'éteindra jamais ! »

Quand le Christ, inclinant sa tête moribonde,
Promena doucement son regard sur le monde
    Qui l'avait vu crucifier,
L'apôtre, enseveli dans sa douleur immense,
L'entendit murmurer ces mots pleins de clémence :
    « Tu ne mourras pas tout entier ! »

« Ton corps vient de la terre et retourne à la tombe.
« Si haut que tu l'aies mis, il faudra qu'il y tombe
         « Et qu'il y reste désormais.
« Mais ce qui vit en toi, l'autre part de toi-même,
« Souffle qui vient des cieux et pur esprit que j'aime,
         « La mort ne le prendra jamais ! »

—

Eh bien ! l'ambition dont le feu me dévore
Ressemble à celles-là, les passe même encore ;
         Je veux la double éternité :
Celle qu'à ses beaux vers prédisait le poète,
Et celle que le Christ, en inclinant la tête,
         Appelait l'immortalité.

L'éternité, qui grave un nom dans la mémoire,
L'humaine éternité, l'éternité de gloire,
         L'éternité du souvenir,
Et cette autre, plus grande, et plus noble, et plus belle,
Que Dieu daigna promettre à notre âme immortelle
         Comme un large et pur avenir !

—

N'ai-je donc point raison ? Qui peut m'en faire un crime ?
Qui voudra m'empêcher, sur les bords de l'abîme,
         De crisper mes doigts frémissants,
Et, quand mon souvenir est près de disparaître,
De le sauver toujours, de l'élever, peut-être,
         Au prix de mes efforts puissants ?

Rien ne meurt, ici-bas, ni les corps, ni le monde ;
Il monte, à chaque instant, de la terre profonde

Un flot de résurrection,
Et quand tout disparaît, c'est pour renaître encore ;
C'est pour trouver, aux feux d'une nouvelle aurore,
La nouvelle création.

L'oiseau qui fend les airs, et le vent dans l'espace,
Et le nuage au ciel, et le fleuve qui passe,
Emportent tous un peu de nous,
Et le parfum des fleurs n'est souvent autre chose
Que le souffle embaumé de l'enfant qui repose .
Et que nous pleurons à genoux.

Car le sol, si fécond que Dieu l'ait voulu faire,
Se reforme toujours d'une même matière
Dans son travail silencieux ;
Tout ce qui prit naissance aux premiers jours du monde,
Se retrouve dans l'air, dans les corps et dans l'onde ;
L'âme seule remonte aux cieux.

—

Et je ne pourrais point, quand tout monte à la vie,
Quand de l'homme expirant l'âme au ciel est ravie,
En laisser la trace ici-bas !
Et je ne léguerais aux enfants de la terre
Qu'un pauvre nom, gravé dans quelque cimetière,
Domaine obscur de mon trépas !

Le marbre du ciseau garde la forte empreinte.
Le fer, dans le foyer, frissonne sous l'étreinte
Du feu dont l'acier va sortir ;
Je veux, comme un ciseau, dans le marbre du monde,
Mordre, et, noir forgeron, dans la flamme féconde,
Me façonner un avenir !

Je veux, comme un vaisseau s'éloignant du rivage,
Laisser, dans cette mer, un pur et long sillage,
     Ceinture à l'Océan altier ;
Et quand l'hiver des ans aura blanchi ma tête,
Dire, avec le chrétien comme avec le poète :
     « Je ne mourrai pas tout entier ! »

1882

*A Madame de Salettes*

## PANTHEISME CHRÉTIEN

Je sens mon âme éparse en la nature entière ;
L'Océan l'a conquise et la berce en ses flots ;
Avec le vent d'hiver, mon âme a des sanglots,
Mon âme a des fureurs avec la vague altière.

Elle habite au sommet des pics géants. La Nuit
Sous ses voiles obscurs la fait sombre comme elle ;
Elle est dans le pistil de la fleur, et sous l'aile
Du papillon qui passe et de l'oiseau qui fuit.

Le pauvre qui gémit, l'enfant qui vient de naître,
Le moribond plaintif qui s'incline au trépas,
Tout ce qui vit, et souffre, et soupire ici-bas,
Garde un peu de mon âme au profond de son être ;

Et lorsque, pour monter à son large avenir,
A la voix du Très-Haut qui l'entraîne et l'enivre,
Elle s'échappera de mon corps, as de vivre,
De tous les coins du monde il lui faudra venir ;

Car, d'un divin pouvoir immortelle héritière,
Je sens mon âme éparse en la nature entière.. .

*A M. Sully Prudhomme, de l'Académie française*

## DÉCEMBRE

Oh ! les amours captifs, portant leur lourde chaîne
        Dans la geôle de l'univers,
Et les amours glacés, voyageant avec peine,
        Dans la neige de leurs hivers !

Les amours moribonds, déjà plongés dans l'ombre
        Du gouffre qui se va fermer,
Et les amours défunts, traînant leur linceul sombre
        Dans les cœurs fatigués d'aimer !

Cruelle et triste fin, mais plus cruelle encore
        Quand l'un des cœurs aime toujours,
Quand l'autre, chaque nuit, soupire après l'aurore
        Et se prend à compter les jours.

Quand cette fleur superbe et par le Ciel donnée
        Pour créer deux enivrements,
A perdu son parfum et semble empoisonnée
        A l'un ou l'autre des amants.

Si nous songions que la jeunesse
Est un beau jour sans lendemains,
Nous mettrions moins de largesse
A l'épandre sur les chemins.

Si nous songions que l'amour même
Ne dure qu'une heure ici-bas,
Nous serions étonnés qu'on aime...
Insensés ! nous n'y songeons pas.

J'y songe, et de là vient, peut-être,
Que mon cœur si tôt s'est fermé,
Que l'amour en germe y doit être
Et que je n'ai jamais aimé......

1888

## COMMENCEMENT ET FIN

J'aime tout ce qui naît et tout ce qui commence :
Fleur, éclose  au début des premières chaleurs,
Bourgeon que sur la branche un vent  d'avril balance,
Amour, né d'un sourire et couronné de fleurs ;
Frais matin, qui descend, en riant, sur la terre ;
Ruisseau joyeux,  qui coule aux flancs verts du coteau,
Enfant blond, qui se pend aux seins blancs  de sa mère
Et dont le gai babil est comme un chant d'oiseau,

Je hais ce qui finit, ce qui meurt, ce qui passe :
Aubépine, flétrie au froid contact des  airs,
Feuille  que l'aquilon emporte dans l'espace,
Vieil amour, expirant au fond des cœurs déserts ;
Soirs tristes ou joyeux, que la nuit sombre entraîne,
Fleuve qui dans  les mers lentement disparaît.....
Seule, je puis aimer l'existence sereine
Qui s'éteint sans murmure et s'endort sans regret.

1885

# NOUVELLE ANNÉE

Prenez votre vol dans  l'espace,
O mes pensers, pensers d'amour !
Suivez la colombe  qui passe
 Dans les derniers rayons du jour.

Prenez votre vol dans l'espace,
O mes pensers, pensers d'adieux,
Suivez l'hirondelle  qui passe
En émigrant vers d'autres cieux.

Prenez votre vol dans l'espace,
O mes pensers, pensers de mort,
Et suivez le corbeau qui passe,
Emporté dans le vent du nord.

Prenez votre vol dans l'espace,
O mes pensers d'éternité,
Et suivez cet ange qui passe
Dans le calme des nuits d'été.

# LE DERNIER MOT

A quoi bon les fleurs ? Le vent les effeuille.
Pourquoi la beauté ? Le temps la détruit.
A quoi bon le jour ? Il meurt dans la nuit.
Pourquoi les enfants ? Le trépas les cueille.
Et pourquoi l'amour, qui bientôt s'enfuit?

## JOUR D'HIVER

Le ciel est bien gris, la terre est bien blanche.
Il semble que rien n'en puisse venir ;
Cherchez sous la neige, où meurt la pervenche,
Vous y trouverez plus d'un souvenir.

La fleur est fanée et la feuille est morte ;
Il semble que tout se taise ici-bas,
Mais écoutez bien : quand le vent l'emporte,
L'écho d'un baiser charmera vos pas.

La nuit, en tombant, apporte un froid sombre ;
Vous fermez vos yeux, vos beaux yeux glacés.
Mais regardez bien : vous verrez dans l'ombre
La douce lueur des amours passés.

Ainsi, quand tout meurt et quand tout s'efface,
Dans ces grands linceuls sur terre étendus,
Au fond de nos cœurs il reste la trace,
Vivante toujours, des bonheurs perdus.

1884

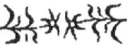

# NOTRE MAISON

Notre maison s'élève au bord du flot paisible,
Et non loin de la mer. Au déclin des saisons,
Nous entendons gronder cette meute invisible
De vagues, qui se cache aux brumeux horizons.

Notre maison n'est point un palais de porphyre:
Elle a des toits de tuile et des murs de ciment;
Mais elle est blanche et rose; elle a l'air de sourire
Et sur le ciel d'été se détache gaiement.

Un paysan, jadis, la posséda. Mon père,
Ami des bois jaseurs et des flots, à la fois,
Y voulut enfermer sa jeunesse sévère
Entre le chant des flots et la chanson des bois.

Puis, lorsqu'un doux hymen eut transformé sa vie,
Lorsque, dans les berceaux, nous vînmes tour à tour,
Cette grave demeure, étonnée et ravie,
De mois en mois reçut quelque nouvel atour.

La façade aux tons gris s'égaya de tons roses ;
La passiflore y mit sa verte frondaison ;
Le port eut des bateaux, le jardin eut des roses :
La maison, désormais, devint *notre* maison.

Comme je plains celui dont la jeunesse errante
N'aura jamais connu ce nid des premiers ans !
Il s'en va vieillissant et son âme souffrante
N'a pas de baume ancien pour les chagrins présents.

Il n'a laissé son cœur dans aucun coin de terre ;
Aucun nom de pays n'émeut son souvenir ;
Aucun chant, triste ou gai, dans la nuit solitaire,
Vers des chants plus anciens ne le fait revenir.

Plus tard, lorsque lassé des luttes de ce monde,
Meurtri, mourant parfois des blessures du sort,
Il cherche du regard, en sa douleur profonde,
Quelque tranquille abri pour attendre la mort,

Nul foyer ne lui tend les douceurs de sa flamme,
Nulle porte ne s'ouvre à sa voix ; nul flambeau
Ne verse ses clartés sur lui ; quand il rend l'âme,
Nul arbre familier n'ombrage son tombeau.

C'est que l'homme n'a point, comme l'oiseau qui passe,
D'ingratitude au cœur pour le nid paternel ;
Si loin qu'il ait été dans le temps et l'espace,
Il en garde sur lui le parfum éternel.

Il y revient toujours, comme aux forêts prochaines,
Le cerf craintif revient, quand la meute a passé,
Comme à son antre, au fond des steppes africaines,
Avec des cris de mort rentre un lion blessé.

. . . . . . . . . . . . . . . . .

Notre maison s'élève au bord du flot paisible;
Exilé, quand j'y songe au déclin des saisons,
Je crois la voir reprendre une forme visible
Et se dresser, au bout des brumeux horizons.

# L'AUTOMNE

L'automne avait mis sur les bois
    Ses tons de pourpre et d'ambre.
Le feuillage était aux abois
    Aux jours gris de novembre.

L'air était froid, comme un baiser
    De femme indifférente,
Et le flot, las de se briser,
    Suivait sa course errante.

Lors, je m'en allais en rêvant
    A mon dernier automne ;
C'était, dans la plainte du vent,
    Même bruit monotone,

Même regret de plus beaux jours
    Et même ciel morose ;
Même feuille morte, toujours
    Succédant à la rose.

Dans mon cœur, dénué d'espoirs
    Les mêmes désirs mornes
Volaient, comme des oiseaux noirs
    Sur les plaines sans bornes.

O vous, qui vous sentez encor,
Au son triste et lointain du cor,
    Venir des pensers sombres,
Et, quand la brise a des parfums,
Voyez vos souvenirs défunts
    Passer comme des ombres;

O vous, qui n'avez point laissé
Sur votre âme un monde glacé
    Comme un linceul s'étendre,
Dont le rire n'est point moqueur
Devant le langage du cœur
    Et qui savez l'entendre ;

Alors qu'au détour du chemin
Votre passé vous tend la main
    Dans l'éternel voyage,
En vous retournant pour le voir
Sous les pâles clartés du soir
    S'éloigner d'âge en âge,

Vous avez songé, n'est-ce pas?
Que bien loin, toujours, sous vos pas
    Se déroule une voie
De tristesses et de regrets,
D'amours et de désirs secrets
    Mêlés d'aucune joie ?

Dans sa morne uniformité,
Sans charme comme sans gaieté,
    N'est-elle point semblable
A ces longs chemins, jamais verts,
Qu'au pays des jaunes déserts
    On trace dans le sable ?

Toujours, toujours, sous le ciel nu
Déroulant son ruban connu
    Des seules caravanes,
Ils vont se perdre à l'horizon
Où jamais aucune maison
    Ne rit sous les platanes.


Parfois, près d'un palmier chétif
Dont le tronc, sec et maladif,
    Se profile en l'espace,
Un puits, par le soleil doré,
S'offre au voyageur, altéré
    Par le simoun qui passe ;


Mais s'il se penche, palpitant,
Pour s'y rafraîchir un instant
    Avec sa lèvre avide,
C'est le sable qu'il a touché ;
Le vent du sud a tout séché,
    Et la citerne est vide.


Il reprend alors son chemin ;
Le bâton, tremblant en sa main,
    Heurte moins fort la terre,
Il marche et soupire tout bas ;
Le sable gémit sous les pas
    De son pied solitaire.


Ainsi, je m'avance en rêvant ;
L'espace m'apporte du vent
    La plainte monotone,

Et je m'en vais vers l'horizon
Où m'attend plus d'une saison
Semblable à cet automne.

Oct. 1890

*A M. Sully Prudhomme, de l'Académie française*

## FLEURS ET SOURIRES

Il est des cœurs, de pauvres cœurs,
Semblables à des cimetières :
Des générations entières
En ont peuplé les profondeurs ;

Il est des cœurs, de pauvres cœurs
Où les morts règnent en vainqueurs.

Mois après mois, jours après jours,
Des tombes y furent creusées
Où sont tristement déposées
Leurs tendresses et leurs amours;

Mois après mois, jours après jours,
Le nombre s'en accroît toujours.

Mais comme un marbre incrusté d'or
Couvre des cendres l'assemblage,
Ceux qui souffrent ont un visage
Pour couvrir la douleur qui dort

Et comme un marbre incrusté d'or
Leur vieux front est brillant encor.

Leurs sourires sont toujours beaux,
Car ils savent cacher au monde
La blessure ancienne et profonde
Qui réduit leur âme en lambeaux ;

Leurs sourires sont toujours beaux...
Ce sont des fleurs sur les tombeaux.

1891

## A MES VERS

Charmes de mes rondeaux, faites briller ses charmes ;
Désirs de mes quatrains, éveillez ses désirs ;
Larmes de mes sonnets, faites couler ses larmes ;
Soupirs de mes longs vers, appelez ses soupirs.

1884

## SIC VOS NON VOBIS

Poète, quand tu cisèles
Les rimes d'or de tes vers,
Quand tes pensers, dans les airs,
Doucement battent des ailes ;

Quand ton âme au vol léger,
En passant des fruits aux roses,
Recueille le miel des choses
Comme l'abeille au verger ;

Songes-tu qu'en cette vie
Tes plaisirs sans lendemains
Au plus humble des humains
Ne sauraient donner envie,

Et que le sang de ton cœur
Dans ce beau sol qu'il colore
N'a jamais pu faire éclore
La semence du bonheur ?

Car, pour être aimé toi-même,
Tu fais rêver aux amours ;

L'on t'admire, mais toujours
C'est un autre que l'on aime.

1891

## LES SOUFFLES

Souffles qui nous venez des plaines
Et des monts baignés de clarté,
Vous nous apportez la gaieté
Dans la tiédeur de vos haleines,
Souffles qui nous venez des plaines.

Souffles qui nous venez des mers,
Des pays lointains et des grèves,
Vous apportez l'âme des rêves
Dans la senteur des flots amers,
Souffles qui nous venez des mers.

Souffles qui venez des rivages
Où le soleil est sans chaleur,
Vous nous apportez la douleur
Dans vos gémissements sauvages,
Souffles qui venez des rivages...

Souffles qui nous venez des Cieux,
A travers l'humaine souffrance,
Vous nous apportez l'espérance
Dans vos parfums délicieux,
Souffles qui nous venez des Cieux.

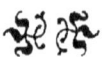

# DEPUIS

J'ai voulu, le long du chemin,
Cueillir une fleur printanière ;
Ses feuilles ont jonché la terre,
Sa fraîcheur a fui sous ma main.

J'ai voulu, dans mes jours de fièvre,
Prendre un baiser qui me tentait ;
Mais, tandis qu'on me le prêtait,
Sa douceur a fui sous ma lèvre.

Depuis, pour ne plus m'exposer
Aux âpres tortures du doute,
Je laisse la fleur sur la route
Et, sur la lèvre, le baiser.

# LES SABLES

Sur cette plage où la mer chante,
Rugit, et se plaint tour à tour,
Et s'en vient, superbe ou touchante,
Mourir d'effroi, languir d'amour,
Combien ont passé, dont les âmes
Pleuraient comme les flots amers,
Ou jetaient leurs pensers de flammes
A la face auguste des mers !

Témoins muets de ces alarmes,
Qui sommeillez sous les grands cieux,
Vous gardez le secret des larmes,
O beaux sables silencieux,
Et, lorsque la nuit éternelle
Sur le monde, un jour, descendra,
De votre sein profond, vers elle,
Aucun aveu ne montera.

O sables dorés, je vous aime,
Car, en mes longs jours de douleur,
Parfois, je suis venu moi-même
Dire ma peine à votre cœur

Et, fidèles à ce mystère,
Seuls de mes amis d'ici-bas,
Sables discrets, vous savez taire
Mes tristesses et mes combats.

1888

# UN MOT DE MON ENFANCE

Il est de ces cœurs nés pour être malheureux ;
Ce qui fait le bonheur des autres, fait leur peine ;
Ils passent sur la terre et l'ont connue à peine,
Car jamais le plaisir n'est un plaisir pour eux.

Le bien que convoitait leur paisible folie
A cessé d'être un bien dès qu'ils l'ont possédé ;
Moins heureux que jamais quand on leur a cédé,
Ils usent en désirs la moitié de leur vie.

Au fond de toute joie ils trouvent l'amertume ;
Tout breuvage, pour eux, a sa goutte de fiel ;
Tandis que du poison l'abeille fait son miel,
Le miel qu'on leur distille en poison se résume.

Le bonheur de ce monde est sans charme à leurs yeux
Jusqu'au seuil de la mort ils vivent dans l'attente ;
La secrète raison de leur passion lente
Peut s'exprimer ainsi : « Je m'attendais à mieux ! »

# REGRETS

J'ai passé le temps des amours,
Le temps des amours de jeunesse,
Et mon cœur se plaindra toujours
D'avoir ignoré cette ivresse.
Peut-être aimerai-je, en mon temps,
D'une amour plus forte et plus belle :
Sa douceur ne sera point celle
Du frais amour de nos vingt ans.

Peut-être, quand j'aurai passé
Par la souffrance âpre du vide,
Un fruit, sur ma bouche pressé,
Rafraîchira ma lèvre avide.
Plus beau, plus mûr en même temps,
Il fera ma soif moins cruelle...
Sa fraîcheur ne sera point celle
Du doux amour de nos vingt ans.

Ainsi, lorsque s'en vient l'été
Sur les forêts et sur la plaine,
Le feuillage est plus velouté
Et l'herbe de fleurs est plus pleine.

En ces nouveaux jours éclatants.
Tout rayonne et tout étincelle,
Mais cette fraîcheur n'est plus celle
De la verdure du printemps.

1885

# VIEILLESSE

L'homme vieilli ressemble à ces arbres penchés
    Sur le bord d'un torrent qui gronde ;
Ses rameaux chaque jour par le vent arrachés
    S'en vont au caprice de l'onde.


Rêves, plaisirs, souhaits, y tombent tour à tour
    La santé les suit dans l'abîme ;
L'espoir aux ailes d'or y précède l'amour,
    Du temps innocente victime,


Et l'arbre reste seul, aride, abandonné,
    Ses bras noirs tendus vers l'espace
Et n'ayant même plus un rameau décharné
    A jeter au torrent qui passe...

1883.

## A MADEMOISELLE DE W....

Le plus rare des biens, le plus beau des présents
Que le Ciel, économe, à la terre dispense,
Le trésor le plus doux pour une âme qui pense
Et voit l'avenir sombre, en ses bonheurs présents;

Ce dont on se souvient jusqu'à la fin des ans,
Ce qui peut aux grands cœurs servir de récompense,
Ce qui rend la douleur moins amère, et compense
Les heures de tristesse et les chagrins cuisants ;

Ce que tous ont rêvé, ce que chacun désire,
Ce qui, sur un visage, embellit le sourire,
Ce qu'on saurait aimer, même éternellement,

Ce qu'on devrait garder, comme on garde une proie,
Enchâsser dans l'or pur ainsi qu'un diamant...
C'est, sur les cils de l'homme, une larme de joie.

1892

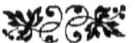

# BARCAROLLE

Mon amour, notre barque est prête
Et se balance sur les flots,
Le ciel est pur, l'air est en fête,
Le zéphire effleure les eaux.
Veux-tu venir faire un beau rêve
Dans le silence de la nuit,
Et voir si là-bas, sur la grève,
L'écume des vagues s'enfuit ?

Veux-tu venir voir si l'espace
Est plus profond que tes grands yeux,
Et si, dans l'ombre qui s'amasse,
L'étoile sait briller comme eux :
Ou bien si l'oiseau solitaire
Qui rentre en nos pays chrétiens,
Cherche avec plus d'ardeur la terre
Que mes yeux ne cherchent les tiens ?

Viens ! nous pourrons prêter l'oreille
Au bruit charmant que font les mers;
Tous deux, sur l'onde qui sommeille,
Nous serons seuls dans l univers.

Pour nous parler, en cette fête,
Nous n'aurons point besoin de mots...
Viens, mon amour, la barque est prête
Et se balance sur les flots.

1880

# LES ENFANTS

Je les voudrais toujours petits, les chers enfants ;
J'aime tant les babys qui courent sur le sable,
Avec leur robe courte et leur sourire aimable,
Leur babil éternel et leurs cris triomphants.

Je les voudrais toujours petits, les chers amours,
Ignorants des douleurs et des hontes humaines
Et s'immobilisant à cet âge, où les peines
Passent, comme un orage au déclin des beaux jours.

Car ils sont si charmants en leur grâce ingénue !
Il est si doux de voir s'épanouir ces fleurs ;
Si doux de contempler, jusqu'en ses profondeurs,
La jeune âme, plus tard à notre âme inconnue.

Ah ! ces yeux confiants qui plongent dans vos yeux
Leurs regards, et ces mains aux mignonnes caresses,
Et ces fronts transparents et purs, où les tristesses
N'ont point encor tracé leurs sillons douloureux.

Quel charme, en tout cela, quelle douceur d'aurore,
Quelle gaîté d'avril aux matins triomphants,
Quel parfum délicat de rose en train d'éclore...
Je les voudrais toujours petits, les chers enfants.

Chimère... Vain désir... Hélas ! l'homme en ce monde
S'achemine à la mort en vieillissant toujours,
Et Dieu ne lui dit pas, au printemps de ses jours :
« Tu n'iras pas plus loin ! » — comme à la mer profonde.....

1891

# A UNE SLAVE

Donnez-moi votre sourire ;
Pour le printemps j'en ferai
Le rayon qui viendra luire
Dans mon doux ciel azuré.

Donnez-moi vos tresses blondes ;
J'en ferai, pour les étés,
Deux gerbes fines et rondes
Dans le champ de vos beautés.

Donnez-moi vos yeux limpides ;
Pour l'automne, j'en ferai,
Deux lacs profonds et sans rides
Au bord desquels je vivrai.

Donnez-moi votre cœur tendre ;
J'en ferai, pour les hivers,
Le foyer qui saura rendre
Quelque chaleur à mes vers.

# COMME L'OISEAU DES BOIS

Comme l'oiseau des bois, au feuillage infidèle,
Veut, d'un effort puissant, s'enlever dans l'azur,
Part dans l'immensité, mais trop faible pour elle,
Précipité des cieux tombe sur le sol dur,

Ainsi, lassé moi-même en ma plainte éternelle,
De ma verte prison je sais franchir le mur ;
Mais pour voler plus haut je n'ai pas assez d'aile
Et dois, en gémissant, rester loin d'un air pur.

Je vais de fleur en fleur, de feuillage en feuillage,
Sans pouvoir un instant fixer mon goût volage ;
Je vois mon sort, toujours, passé par mes désirs,

Et, poursuivant en vain ma course tourmentée,
L'esprit indifférent et l'âme incontentée,
Je promène un cœur triste au milieu des plaisirs.

1885

## A LA BARONNE DE M...

Si vous avez des pleurs aux yeux,
J'en devrais être malheureux ;
Car le Ciel, il faut vous le dire,
Vous en fit le don précieux,
Non pour pleurer, mais pour sourire.

Mais l'avouerai-je ? la douleur,
Chez vous, même, aurait sa douceur,
Elle donne aux yeux plus de charmes ;
Venant surtout de votre cœur,
J'aimerais voir couler vos larmes.

# PRIÈRE

Ah ! laissez-moi donc à mon rêve ;
S'il est amer, j'en veux pleurer,
S'il est doux, l'erreur en est brève ;
Ah ! ne m'en venez point tirer
Et laissez-moi donc à mon rêve.

J'ai peut-être le tort de croire
Qu'il est ici-bas des amours
Comme on en trouve dans l'histoire ?
Ils ne sont plus, ces heureux jours ;
Peut-être ai-je le tort d'y croire...

Mais le songe m'en sait charmer ;
La croyance en est noble et belle ;
Si quelque jour j'allais aimer,
Sans doute il fuirait d'un coup d'aile
Le songe qui me sait charmer !

1882

# SOUVENIRS

Vous nous parlerez de fleurs embaumées
Quand les prés auront leur linceul neigeux ;
Vous nous parlerez des femmes aimées
Dans quelque vingt ans, quand nous serons vieux ;

Et le souvenir de ces douces choses,
Evoqué soudain, nous fera frémir,
Comme en retrouvant un parfum de roses
Au fond d'un tiroir que l'on vient d'ouvrir

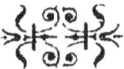

## AUX JEUNES GENS

Alors que vous mettiez sur des lèvres de femme
Un baiser qui venait des sens, et non du cœur,
Alors que vous preniez pour un élan de l'âme
Le souffle passager d'une enfantine ardeur ;

Alors que vous avez suivi d'un œil humide
Une ombre fugitive, éclose sur vos pas,
Alors que vous étiez plus faible et plus timide
Sous quelque beau regard qui ne vous cherchait pas ;

Insensés ! Vous avez crié, dans le silence :
« J'aime... Mon cœur charmé connaît enfin l'amour.
« En cet instant béni, tout mon être s'élance
« De la mort à la vie et de la nuit au jour ! »

Ah ! ne profanez point ce mot terrible et tendre,
Ce mot toujours ancien et toujours rajeuni,
Que chacun croit connaître, à force de l'entendre,
Mais dont nul ne sait bien le pouvoir infini.

Dites que la beauté vous cause un trouble extrême,
Que la femme a pour vous l'attrait de l'inconnu,
Et que vous frissonnez en pensant que l'on aime...
Mais ne me dites point que l'amour est venu.

Dites qu'aux doux attraits d'une taille flexible,
Ou de grands yeux brillants, ou d'un front blanc et pur,
Votre cœur, jeune encor, n'est jamais insensible :
Mais ne me dites point qu'ils vous ouvrent l'azur.

L'amour, ce don des Cieux, funeste et magnifique,
Ce maître, doux et fier, mais toujours absolu,
L'amour, pour tous les cœurs est le chapitre unique
D'un livre merveilleux que vous n'avez point lu.

1883

# A QUOI BON ?

A quoi bon s'attacher ? L'eau qui frôle la rive
S'endort-elle jamais près des roseaux chanteurs ?
Le vent s'arrète-t-il à la feuille plaintive ?
Ou le nuage au ciel ? ou, dans les blés, la grive ?
  Ou le papillon sur les fleurs ?


Il est des voyageurs qui vont, plantant leur tente,
Sur les bords de la mer ou dans les bois ombreux ;
Mais ni le chant des flots, ni l'ombre, ne les tente ;
A ces charmes d'un jour leur âme, indifférente,
  Ne sait pas tressaillir en eux.


Ils savent qu'ici-bas tout change et rien ne dure,
Que le flot va rugir après avoir chanté,
Et que le vent du Nord va flétrir la verdure.
Ils vinrent sans plaisir ; ils partent sans murmure,
  Et leur cœur n'a rien regretté.


Je veux faire comme eux ; le sable du rivage
Ne pourra point garder la trace de mes pas.

Je n'aurai, dans le cœur, aucune douce image
Et passerai toujours, comme l'oiseau sauvage
        Qui s'envole et ne revient pas.

                        Constantinople, 1884

*A MADAME C...*

## UN AUTRE JOUR D'HIVER

Parfois, durant l'hiver morose,
Il est de ces jours éclatants,
Avec un vent calme, un ciel rose
Et des parfums, comme au printemps.

L'oiseau, surpris, jette à l'espace
Ses plus doux airs, ses plus beaux chants ;
Il semble qu'un papillon passe
Et que des fleurs naissent aux champs.

Puis, le souffle du nord enlève
La joie et la douceur aux airs ;
On s'endormait dans un beau rêve ;
L'on s'éveille au cœur des hivers.

## II

Parfois aussi, dans l'âme humaine,
Il est de ces trop courts moments,
Où se glisse une paix sereine
Au milieu des pires tourments.

Le cœur a des battements d'aile,
Et la voix des sons plus joyeux ;
Au fond de notre être, étincelle
Quelque rayon tombé des cieux.

Puis, en cette âme qui respire,
Vite reviennent les douleurs ;
On s'endormit dans un sourire,
L'on se réveille dans les pleurs.

1884

## L'AN QUI VIENT

Encore une fleur, que nous vole
L'impitoyable main du temps ;
Encore un oiseau, qui s'envole
Dans le ciel de notre printemps.
Sur le sol, creusé pour la tombe,
Encore une feuille qui tombe
Au crépuscule des saisons
Et, de larmes souvent trempée,
Encore une page, échappée
Au Grand Livre que nous lisons.


Que nous a donné l'an qui passe ?
Que nous réserve l'an qui vient ?
Un rayon luit-il, dans l'espace,
Pour cet inconnu qui survient ?
Sur le fleuve qui nous entraîne,
Est-ce une joie, est-ce une peine
Que notre barque ira heurtant,
Et, si nous abordons à terre,
Est-ce une rive hospitalière,
Est-ce un désert, qui nous attend ?

Ah ! qui nous dira si la vie
Nous garde de pires chagrins ?
Si pour toujours nous est ravie
L'espérance des jours sereins ?
La saison qui s'en va, nous laisse
Le bonheur avec la tristesse,
Le plaisir avec les douleurs ;
Mais celle que Dieu nous envoie
Va-t-elle nous prendre la joie
Pour ne nous laisser que les pleurs ?

Comme un marin, loin du rivage,
Sur les flots se penche, en rêvant,
Et, dans ce calme avant l'orage,
Ne sait d'où lui viendra le vent,
Sur l'avenir l'âme, inclinée,
Jette, à l'horizon de l'année,
Un regard ému, triste et long...
Ah ! dans cette voile indécise
Qui va souffler ? Est-ce la brise
Ou la fureur de l'aquilon ?

# TROIS FLEURS

Par un des beaux soirs où s'épanche l'âme,
Au bord d'un bleuet, dans les blés jailli,
J'ai mis un baiser, un baiser de flamme...
O vous qui passez, l'avez-vous cueilli ?

Mon âme était triste et mon ciel morose,
Mais les fleurs avaient des parfums bien doux.
J'ai mis mon amour au fond d'une rose...
O vous qui passez, la cueillerez-vous ?

Près d'une aubépine à moitié flétrie,
Et dont la détresse attirait mes pas,
J'ai laissé tomber ma mélancolie...
O vous qui passez, ne la cueillez pas !

# CALME

Mon âme est tranquille et sereine
Comme aux jours où le Tout-Puissant
La fit, d'un peu de son haleine,
Eclore en mon être naissant.
Les soucis que l'amour épanche,
Dans mon cœur n'auront pu germer ;
Rien n'assombrit sa page blanche ;
O bonheur de ne pas aimer !...

Et pourtant, il est doux, peut-être,
De partager peine et plaisir,
D'être à la fois esclave et maître
D'un cœur que l'on a su choisir,
Et, quand l'amour qui nous assemble
Par le temps s'est vu confirmer,
De pouvoir répéter ensemble :
« O bonheur, ô bonheur d'aimer ! »

Il est triste, quand la vieillesse
Sur nos fronts ridés va venir,
De n'y point sentir la caresse,
La caresse d'un souvenir ;

Et de s'avancer dans la vie
Sans un bien qui nous peut charmer,
Objet d'une éternelle envie...
O douleur de ne pas aimer !

Mais aussi, que la mort nous prenne
En ce monde qu'il faut quitter,
Il n'est rien qui nous y retienne,
Rien que nous puissions regretter.
Le triste penser d'une femme,
Lorsque nos yeux vont se fermer,
Ne fait point tressaillir notre âme...
O douleur, ô douleur d'aimer !

1885

# L'ATTENTE

Devant l'autel charmant des amours de la terre,
Des fécondes amours qui font plus grands nos cœurs,
J'ai suspendu mon âme, éteinte et solitaire,
Comme on fait d'une lampe au seuil sacré des chœurs

Pour l'embellir, devant l'ineffable mystère,
Je l'ai voulu parer de feuillage et de fleurs
Et j'attends qu'un amour, superbe et salutaire,
En allume la flamme à ses nobles ardeurs.

Mais nul pas, en glissant sur la dalle sonore,
Ne vient, timide et fier, me présager encore
L'heure qui doit sonner pour mes trop longs espoirs

Un silence éternel règne aux voûtes du temple
Et dans le vase d'or qu'attristé, je contemple,
Nulle flamme ne monte en la douceur des soirs.

1884

# LA MER

Je me sens pour la mer une immense tendresse ;
Je l'aime en son repos, je l'aime en ses ardeurs,
Quand la vague s'apaise ou quand elle se dresse,
Quand le flot au rivage apporte une caresse
Ou sur les noirs rochers épuise ses fureurs.

Je l'aime, quand la nuit, sur elle, étend ses voiles
Et fait comme un linceul à son beau sein calmé ;
Quand le matin joyeux, qui chasse les étoiles,
Au sommet des grands mâts fait déployer les voiles
Et dore de ses feux l'horizon ranimé.

Je l'aime, aux sombres bords du puissant Atlantique
Je l'aime, aux bords charmants de l'Italie en fleur,
Soit que l'immensité s'étende, magnifique,
Soit qu'un golfe, arrondi comme une coupe antique,
Entre les orangers berce son flot rêveur.

La mer seule, ici-bas, me comprend et m'inspire,
Et verse, sur mes sens, un calme indéfini ;
Lorsque, partout ailleurs, je souffre et je soupire,

Auprès de ses grandeurs mon âme enfin respire
Et peut, avec ses flots, parler de l'infini.

La terre a ses confins, le ciel a ses nuages,
Et les yeux, et le cœur, s'y vont bientôt heurter,
Mais l'horizon des mers en cache les rivages
Et le cœur, et les yeux, en leurs lointains voyages,
Y voguent, sans que rien les y puisse arrêter !

## SUR UNE TOMBE

Lorsque vous verrez une tombe obscure
Où nul n'a jamais répandu des pleurs,
Couples amoureux, passant d'aventure,
Les fleurs qui sont là ne sont pas des fleurs.

Ce qui sort ainsi, parfumé, de terre,
Ce sont, avec moi disparus jadis,
Les pensers d'amour qu'il m'a fallu taire
Et les mots d'amour que je n'ai pas dits.

1884

# REMINISCERE

A mes souvenirs envolés,
Aux souvenirs de mon enfance,
J'ai chanté la vieille romance
Par qui mes jours sont consolés.
Alors, comme un vol d'hirondelles,
Aux accents qu'ils ont reconnus,
Mes souvenirs, à tire d'ailes,
Mes souvenirs sont revenus.

Sur mes souvenirs endormis,
Mes souvenirs des jours moroses,
J'ai fait passer, avec des roses,
La senteur des parfums amis.
Alors, comme des fleurs nocturnes
S'ouvrent aux rayons du soleil,
Un peu pensifs et taciturnes,
Ils sont sortis de leur sommeil.

Mais à mes souvenirs défunts
Des vagues amours de jeunesse,
En vain j'ai prodigué sans cesse
Et les chansons, et les parfums.

Ils sont bien morts ; leur face est blême ;
Ils sont froids, comme des glaçons,
Rien ne les peut éveiller, même
Les parfums avec les chansons.

1894

# CHANTS DU MIDI

# GRECE ET TURQUIE

*A Calliady-Bey*

## LES TEMPLES ET LES RUINES

### I

Il m'en souvient : c'était aux plaines d'Italie ;
L'Astre resplendissait comme un flambeau des dieux
Et la mer murmurait sa superbe homélie
Aux grands oiseaux pensifs qui passaient dans les cieux.

Et les temples, alors, parurent à mes yeux.
Je vis se détacher, sur la nature en fête,
La ligne harmonieuse et pure de leur faîte
Et le sobre profil de leurs frontons altiers.
Dès lors, je les aimai, de cette amour profonde
Que nous savons vouer aux beautés de ce monde
            Et qui prend nos cœurs tout entiers.

O charme tout-puissant des souvenirs antiques,
Echo lointain des jours où les divins portiques
Ouvraient au grand soleil leurs parvis éclatants,
O doux et capiteux parfum des anciens temps

Quel large et pur bonheur vous m'avez fait connaître
Et quels élans vers vous en moi j'ai senti naître
Lorsqu'aux rayons dorés d'un beau soir de printemps
Votre splendeur s'offrit à mes yeux de vingt ans :
Escaliers de granit, colonnes de porphyre,
De leurs nobles frontons portails découronnés,
Impalpable poussière où, de plus d'un empire,
Mille débris épars gisent abandonnés ;
Solitaires tombeaux des campagnes romaines,
Vieux aqueducs, dressés à l'horizon des plaines,
Et, parmi le feuillage obscur des orangers,
Temples de Girgenti, près des flots bleus rangés !


Car vous êtes un monde, au milieu de ce monde,
Superbe, dédaigneux, fier de tout un passé.
Les siècles devant vous s'inclinent à la ronde ;
Vous réveillez encor leur hommage glacé.
Comme des vétérans, mutilés par la guerre,
Mais robustes toujours et beaux, comme naguère,
Evoquent à nos yeux de longs jours pleins d'honneurs,
Prodigieux débris des gloires d'un autre âge,
Vous êtes, pour nos cœurs, l'impérissable image
      De tout un monde de grandeurs.


Le temps qui vous blessa, n'a point su vous détruire
Ce qui reste de vous a tant de majesté,
Qu'il s'arrêta, honteux d'avoir osé vous nuire
Et contemple en tremblant votre sérénité.

## II

Parthénon, Parthénon, roi des temples, qui dresses
Dans la splendeur des airs ton front majestueux,
J'ai caressé tes murs d'un regard plein d'ivresses
Et posé sur ton seuil mon pied respectueux.
Sur ton marbre étendu, j'ai pu voir, en silence,
Le vieux soleil des Grecs descendre dans les eaux
Et sur la mer d'azur qu'un vent calme balance,
Mes yeux charmés suivaient le vol lent des oiseaux.
Les rayons, en dorant l'aridité des plaines,
Mettaient un poudroiement sur les cimes lointaines,
Tandis que sous mes pieds l'Acropole, endormi,
D'un brouillard lumineux se couvrait à demi.

Alors, le monde ancien dans mon âme se lève.
Est-ce une illusion ? Ne serait-ce qu'un rêve ?
Je vois, autour de moi, se dresser dans les airs,
Sur le sol ruiné mille temples divers.
Sur les sombres parois, d'or massif revêtues,
Se détache et se meut un peuple de statues.
Le fer frémit et court sur les portes d'airain ;
Le bas-relief remonte aux frises rajeunies,
Et le marbre éclatant fait, aux marches jaunies,
Une virginité dans l'air pur du matin.

Puis, au détour de la colline,
Sous l'éclat d'un soleil d'été,
Tout un peuple joyeux chemine
Vers l'Acropole respecté.

Des prêtres aux longues tuniques,
L'œil serein, le front découvert,
Au bruit sourd des cuivres antiques,
Marchent sous le ciel grand ouvert.
Des vierges aux fraîches années,
De pampre encor vert couronnées,
Balancent, sur un rythme lent,
Leurs blanches poitrines voilées,
Et sur les roses effeuillées
Glissent d'un pas vif et tremblant.
Au pied des colonnes géantes,
Des guerriers, beaux comme des dieux,
De silhouettes éclatantes
Semblent trouer l'azur des cieux,
Et sur les marches, des poètes
Aux fronts purs, larges et pensifs,
De tout un océan de têtes
Tiennent les regards attentifs.


Mais voici que la foule, ouvrant son flot sonore,
Se divise et s'écarte aux deux côtés du mont ;
A la sourde rumeur qui dans l'air vibre encore
Succède tout à coup un silence profond.
Je vois, à l'Orient, sortir des Propylées,
Les vieillards au front chauve, aux pas lourds et prudents,
Sur des cannes, d'ivoire et d'ambre travaillées,
Appuyant leur faiblesse et leurs corps chargés d'ans.
Ils marchent : les guerriers courbent, sur leur passage,
Leur casque d'or, leur mâle et superbe visage ;
Les poètes, discrets, interrompent leurs chants ;
Les vierges à la lèvre ont un plus doux sourire
Et, du sommet géant des temples de porphyre,
Les Pontifes, vers eux, tournent leurs fronts penchants.

Et partout, et sur tous, une lueur intense,
Une gloire de feu descend du ciel immense,
Tandis qu'à l'horizon, transparents et marbrés,
Se dressent les sommets qu'Homère a célébrés.

. . . . . . . . . . . . . . . . . .

Puis, soudain, dans mon cœur tout se mêle et s'efface ;
Je cherche à ressaisir ce rêve qui me fuit ;
Comme un oiseau farouche il s'envole en l'espace ;
Sur le parvis désert je suis seul dans la nuit.


Heures pleines de charme, heures délicieuses
Dont éternellement doit survivre l'attrait,
Pour consoler parfois mes heures soucieuses,
Je voudrais vous laisser en mon cœur, comme un trait.
Ce passé, si charmant par sa vieillesse même,
Peut-être adoucirait mes chagrins à venir,
Car le Ciel nous sait faire, en sa bonté suprême,
Du bonheur le plus court le plus long souvenir.

Constantinople, 1885.

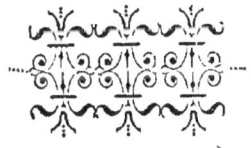

# LA GRECQUE DES ILES

Son œil est noir, sa taille ronde,
Son cou doré, son teint vermeil ;
Il meurt toujours, sur sa peau blonde,
Quelque doux baiser du soleil.
Elle passe avec nonchalance,
Son corps souple et droit se balance,
Et se cambre avec majesté ;
On croirait voir une statue
De chair superbe revêtue
Marcher sous le grand ciel d'été.

Le soir, après qu'à la fontaine
Elle a puisé l'eau du repas,
Son beau bras, sous l'amphore pleine,
Son beau bras nu ne tremble pas.
Elle est forte ; sa chevelure
Dans l'étreinte de la coiffure
Se tord en anneaux indomptés
Et, sur l'ampleur de sa poitrine,
Les replis de la toile fine
Frémissent, comme révoltés.

Le long du sentier qui s'accroche
Aux flancs robustes du granit,
Son pied léger foule la roche
Où la mouette a fait son nid.
Je l'ai vue ainsi : sur sa tête
Eclatait un beau ciel en fête ;
En bas, les flots avaient un chant
Plus d'une mèche ronde et folle
Lui faisait comme une auréole
Que dorait le soleil couchant.


Dans sa radieuse jeunesse,
Phidias l'eût prise, autrefois,
Pour en former quelque déesse
Dans le temple des anciens rois.
Sans orgueil, mais sans ignorance,
Du charme qui fait sa puissance,
Elle vous dit naïvement :
« N'est-il pas vrai que je suis belle ? »
Et l'on passe en rêvant près d'elle,
Et l'on en rêve vainement.....


Son cœur, hélas ! n'est plus à prendre ;
Un pêcheur de rouges coraux,
Calme et fidèle, fier et tendre,
L'emporte avec lui sur les eaux.
Celui qui, près de sa demeure,
La voit, en passant, moins d'une heure
Et va la quitter pour toujours,
Ne sait qu'admirer davantage
Ou de son superbe visage
Ou bien de ses chastes amours.

Cette vision poétique,
J'en conserve un pur souvenir ;
C'est un legs que la Grèce antique
A fait à la Grèce à venir.
Ce présent, à travers les âges,
Plus d'une île, sur ses rivages,
Le garde dans un vase d'or.
Plaise au Ciel qu'à la fin du monde,
Dans ces pays flottants sur l'onde
On en puisse trouver encor.

1884

# LES ALCYONS DU BOSPHORE

D'un vol vertigineux frôlant l'eau calme et pure,
Les Alcyons s'en vont aux horizons lointains
Et leur course incessante à travers la nature
N'a point encor, depuis six mille ans qu'elle dure,
     Livré son secret aux humains.


Nul ne les vit jamais, dans l'ombre qui s'amasse,
Regagner vers le soir leurs nids mystérieux.
Ils font frémir d'émoi la mouette qui passe,
Le flot va s'apaisant sur leur route, et l'espace
     S'ouvre en frissonnant devant eux.


Le Tout-Puissant, dit-on, pour notre Mère blonde
Leur confia jadis un divin document.
Le message, en tombant, leur échappa dans l'onde
Et, châtiés, depuis les premiers jours du monde,
     Ils cherchent... éternellement.

Je songe qu'il en est ainsi de l'àme humaine ;
L'un de nous, autrefois, laissa choir le bonheur,
Et depuis six mille ans, tristes et hors d'haleine,
Nous le cherchons, voués à l'éternelle peine
    Et ne trouvons que la douleur.

Vienne, 1891

# LES DROMADAIRES DE BROUSSE

PAYSAGE BIBLIQUE

Graves et lents, portant la tête haute et fière,
Balançant leur long cou, marchant à pas comptés,
Ils passent, dans des flots d'éclatante lumière,
Au pied des minarets par le temps respectés.

J'aime à les contempler : leurs beaux yeux en amande,
Immenses, expressifs, orientaux, enfin,
Gardent la vision ineffaçable et grande
D'un ciel toujours limpide et d'un désert sans fin.

On dirait, en voyant leur dignité sereine,
Quelques scheiks, dont la guerre aurait fait des captifs.
Ils ont, sous le fardeau, cette paix souveraine
Des êtres résignés qui ne sont point craintifs.

Lorsqu'aux rayons brûlants du vieux soleil d'Asie
Ils dorment, étendus au bord charmant des mers,
Une majestueuse et douce poésie
Monte, de leur repos, dans le calme des airs.

Le mont Olympe, au loin, hausse sa tête blanche ;
Et des arbres géants, par la plaine semés,
Profilent dans l'azur leur tronc noueux qui penche
Et leurs obscurs rameaux par des chants animés.

Et, lorsqu'en un coin vert, une antique fontaine
Dans son marbre jauni vient à se détacher,
Il semble qu'on va voir, avec son urne pleine,
Sur l'humble Eliézer, Rébecca se pencher.

1885

# ITALIE

# VENISE

L'onde, autour des palais, coule silencieuse ;
A peine si l'on voit, du Rialto désert,
Glisser une gondole, ombre mystérieuse,
Avec son lourd rideau, doucement entr'ouvert.

Dans sa course, elle va, rapide et gracieuse,
Effleurer, en passant, les ponts de marbre vert
Et, sous les coups pressés de la rame nerveuse,
L'eau monte, en frissonnant, sur le quai recouvert.

Si ce voile jaloux n'arrêtait pas ma vue,
Sans doute apparaîtrait, mollement étendue,
Quelque Vénitienne aux grands yeux, aux doux traits.

Mais le rideau frémit sous une brise folle ;
Il s'agite... il s'écarte... Au fond de la gondole
C'est un mort que l'on mène à son dernier palais.

# GÊNES

—

VAN DYCK

Noble comme son œuvre et séduisant comme elle,
Galamment revêtu d'un pourpoint de velours,
Il marchait, escorté de sa gloire immortelle,
De triomphe en triomphe et d'amours en amours.

Après chaque portrait, devant chaque modèle,
Son cœur, faible et brûlant, jurait d'aimer toujours
Et, toujours adoré mais toujours infidèle,
Les jours heureux, pour lui, suivaient les heureux jours.

Bercé comme un enfant dans les bras de la vie,
Caressé par la gloire, épargné par l'envie,
Sans combattre jamais il fut toujours vainqueur.

Et, séduite à son tour, la mort, intelligente,
Avant que l'âge vînt appesantir son cœur,
Fut son dernier succès et sa dernière amante.

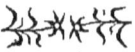

# NAPLES

—

## CAPRI

De son golfe superbe aimable souveraine,
Naples dormait, penchée au bord des flots rêveurs,
Et Sorrente, à travers la nuit tiède et sereine,
M'envoyait le parfum des orangers en fleurs.

Le Vésuve, assoupi, se couronnait à peine
D'un panache de flamme aux flottantes lueurs,
Tandis qu'à l'horizon, dans sa splendeur de reine,
La lune retournait aux sombres profondeurs.

Le jour vint lentement blanchir le front de l'île ;
Et j'étais toujours là, sur la plage, immobile,
Le regard dans l'espace et le cœur éperdu,

Et je me demandais, en mon âme étonnée,
Si, par le Ciel distrait jadis abandonnée,
Capri ne serait pas le Paradis perdu !

# ROME

—

## SALVATOR ROSA

Soldat, peintre, poète, il s'en allait, rêvant
Quelque charmant tableau, quelque folle équipée,
D'une main son pinceau, de l'autre, son épée,
Le front dans la lumière et les cheveux au vent.

Au matin d'un beau jour, on le voyait souvent
Peindre, au milieu des bois, quelque horde campée,
Puis, de plus tendres soins l'âme préoccupée,
Se transformer le soir en cavalier servant.

Toujours prêt au travail, à l'amour, à la guerre,
Et menant en tous lieux son humeur cavalière,
Jamais, jusqu'à la tombe, il ne se reposa ;

Il vit dans tous les cœurs et plus d'une Romaine,
Plus d'un brigand, caché dans sa forêt lointaine.
Tressaillent au doux nom de Salvator Rosa.

# LA CELLULE DE SAVONAROLE

## (FLORENCE)

~~~~~~~~~

Elle est étroite et nue, elle est sombre et petite ;
Mais l'on y vient, le cœur rempli d'émotion.
Dans ce vaste couvent, c'est comme la guérite
Où ce soldat de Dieu montait sa faction.

Sur une table, on voit se dérouler encore
Des parchemins, rongés par le temps qui dévore
Et dont sa main nerveuse a dû froisser les plis ;
Dans l'encre desséchée, une plume se dresse
Et sur une enveloppe, on lit encor l'adresse :
« Frère Savonarole au duc de Médicis. »

Mais quelle est cette tête, énergique, puissante,
Aux yeux vifs, à la lèvre épaisse et frémissante,
Et dont le fier profil tranche sur un fond noir ?
C'est lui... Ressuscité par la main du génie,
Ce front tout dévasté rayonne encor de vie
Et semble refouler l'obscurité du soir.

Quel tableau !... Mais quel mâle et superbe visage !
Qui donc vanter, qui donc admirer davantage,
L'homme que ses pensers suivaient, même à l'autel,
Ou le peintre qui fit ce chef-d'œuvre immortel ?

Les yeux étincelants, acérés comme un glaive,
Semblent vouloir percer l'insondable avenir ;
La lèvre, aux rouges plis, se gonfle, se soulève...
Il va parler, il parle, et son cœur doit frémir.
Dans ce nez orgueilleux, aux altières narines
Qui palpitaient aux cris des foules florentines,
L'âpre volonté mit son empreinte de fer,
Et sous ce vaste front respire, colossale,
L'âme qui fit souvent, en sa course inégale,
Ou tressaillir les Cieux, ou reculer l'enfer.

Tel il m'est apparu dans sa cellule obscure
Et tel il devait être au cours de son pouvoir ;
Implacable aux tyrans sous sa robe de bure,
Terrible, violent, dénouant sa ceinture
Pour en mieux flageller les traîtres au devoir ;
Superbe et triomphant par la double puissance
De ses austérités et de son éloquence,
Bondissant, d'un seul vol, aux plus lointains sommets,
Et puis, précipité ; mais, dans sa chute même,
Même au seuil du bûcher, gardant le diadème
De l'inflexible orgueil qu'il ne vainquit jamais.

1882

# LA CAMPAGNE DE ROME

O génération de géants, disparue,
Grands hommes, qui dormez de l'éternel sommeil,
Quel superbe tombeau que votre plaine nue
Qui s'étend, immobile, aux rayons du soleil !
Les clameurs du Forum et les cris des Arènes
Ne viennent plus troubler vos dépouilles sereines ;
La voix de Cicéron s'est éteinte à jamais.
Les peuples d'aujourd'hui ne seront plus de taille,
Avec des bruits de jeux ou des bruits de bataille,
      A vous réveiller désormais.


Dormez, dormez en paix ! Les génisses craintives,
Les buffles, au grand œil mélancolique et doux,
Du vieux Tibre assoupi parcourent, seuls, les rives
Et le vaste désert qui se souvient de vous.
La mer, berçant au loin ses vagues azurées,
Raconte en ses chansons tristement soupirées

L'histoire des héros du grand monde romain,
Et l'on croit voir frémir vos tombes délaissées
Sous le souffle alangui de ces gloires passées
Qui n'auront point de lendemain.

1882

# FRA ANGELICO

—

Etait-il homme ? Etait-il ange ?
Prit-il son pinceau dans les cieux ?
Ou bien, par un caprice étrange,
Dieu fit-il passer un archange
Sous ce froc de religieux ?

Ses souvenirs, toujours fidèles,
Lui retraçaient-ils les modèles
Des bienheureux aux larges ailes
Qu'il avait contemplés jadis ?
Ou bien, dans l'ombre et le mystère
De sa cellule solitaire,
Faisait-il descendre sur terre
Les habitants du Paradis ?

1882

# RÊVE

J'ai vu, dans la brume incertaine
Qui couvre Paris au réveil,
Passer une Napolitaine
Ainsi qu'un rayon de soleil.
Elle était accorte et jolie,
Avec un petit air vainqueur...
O mes souvenirs d'Italie,
Comme vous chantez dans mon cœur !

Et soudain, je fus à Sorrente
Par un pur et beau soir d'hiver ;
Au bord de la mer transparente
Les orangers embaumaient l'air.
Des sons pleins de mélancolie
Me faisaient doucement rêveur...
O mes souvenirs d'Italie,
Comme vous vivez dans mon cœur !

Mais elle a passé, la fillette,
Ainsi qu'une ombre, en s'envolant,
Tandis que, sur sa brune tête,
Palpitait son mezzaro blanc ;

Mon rêve était une folie...
Je n'en garde que la douleur.
O mes souvenirs d'Italie,
Comme vous pleurez dans mon cœur

1883

# MIDI DE LA FRANCE

## ESPAGNE

# LA CHANSON DU PATRE

## (PYRÉNÉES)

J'ai parfois entendu, sur le flanc des montagnes,
Quand tout va s'endormir en nos vertes campagnes,
La chanson d'un berger attardé dans la nuit
Et dont l'air languissant, se mêlant en l'espace
Aux bêlements plaintifs de son troupeau qui passe,
S'élève avec lenteur près du ruisseau qui fuit.

Mélancolique et doux comme un chant de colombe,
Il a, des tons mineurs, la sévère beauté ;
Dans les vapeurs du soir sa note, qui retombe,
Met aux cœurs attendris une âpre volupté.
Il provoque à la fois le sourire et les larmes,
Sourire de tristesse ou pleurs remplis de charmes ;
Il rappelle les soirs de l'automne, au moment
Où le brouillard léger qui monte en la nature
Vient poser, sur l'éclat pâli de la verdure,
      Un voile sombre, mais charmant.

Le pâtre, avec sa voix sonore,
N'a jamais par des soirs sereins,
Dans les montagnes de Bigorre,
Dans celles du Lys ou d'Andorre,
Fait passer de joyeux refrains.
Et pourtant, la nature est belle
Dans ce pays aimé des cieux ;
L'aigle y va frôler de son aile,
Non loin d'une neige éternelle,
Une verdure douce aux yeux.
Les ruisseaux y sont si limpides
Que, pour y mirer leurs attraits,
Les filles se penchent, rapides,
Sur leur flot, en passant auprès,
Et, sous les caresses de l'onde,
La terre, robuste et féconde,
Enfante de larges moissons,
Tandis que le soleil d'Espagne
Jette, par-dessus la montagne,
L'ardeur de ses brûlants rayons.


Au milieu de ces frais et charmants paysages,
En ces vallons, remplis de gracieux visages,
Il semblerait pourtant que la moindre chanson
Dût, comme ces ruisseaux, couler limpide et fière,
Rivalisant d'éclat avec cette lumière
Et ces blanches vapeurs qui baignent l'horizon.
Non ! comme un habitant des plaines de Norvège,
Qu'il célèbre sa joie ou chante ses douleurs,
Que l'amour le transporte ou la haine l'assiège,
Le pâtre béarnais n'a que des chants rêveurs ;
Et j'entendis de même, aux régions lointaines,

Près d'une mer superbe et sous un soleil d'or,
Résonner tristement les voix napolitaines,
Tandis que de rayons les îles étaient pleines
Et que les yeux avaient plus de rayons encor !

Qui donc m'expliquera cet étrange mystère ?
D'où vient que la nature, au fond de tous les cœurs,
Avant la note gaie a mis la note amère,
Et d'où vient qu'insensible aux désirs de sa mère,
Le rire, chez l'enfant, n'éclôt qu'après les pleurs ?
Nous avons donc en nous une mélancolie,
Si forte, si profonde en nos esprits naissants,
Que l'homme primitif, entre ses bras puissants,
Comme un être souffrant laisse bercer sa vie ?

Je ne sais, mais pour moi, par ces longs soirs d'été
Où, dans le corps lassé, l'âme est plus attentive,
A travers les sapins quand la chanson m'arrive
Avec sa monotone et douce gravité,
J'écoute... je me laisse envahir par le rêve
Où cet écho lointain vient de me faire entrer,
Et, tandis qu'en mon âme un monde se soulève,
Tout homme que je suis, je me prends à pleurer.

1882

*A M. J. Labat.*

—

# LE MATADOR

Agile et vigoureux comme un lutteur antique
Dont la valeur charmait les Romains d'autrefois,
Il s'avance, au milieu d'un peuple frénétique,
Qui n'a, pour l'acclamer, jamais assez de voix.
En cet instant, qui met aux âmes tant de fièvre,
Un sourire orgueilleux voltige sur sa lèvre ;
Son cœur bat lentement, sa main ne tremble pas ;
A le voir si charmant, si maître de lui-même,
Jamais on ne dirait qu'en ce moment suprême
      Il marche peut-être au trépas.

Et les voici tous deux, seul à seul, face à face :
L'un, ivre de fureur, et l'autre plein de grâce,
L'un tout couvert de sang, l'autre tout couvert d'or ;
L'éclair de leurs regards se croisant en l'espace,
Dans ce mortel silence est plus sinistre encor.

Et les voici tous deux, seul à seul, face à face.

Le taureau, secouant sa robuste encolure,
Qui lui sert à la fois de bélier et d'armure,
Se prépare en secret à de nouveaux élans ;
Ses impuissants efforts décuplant sa colère,
Il mugit, il bondit, frappe du pied la terre ;
Un rouge et long ruisseau découle de ses flancs.
La double banderille, en sa chair qui palpite,
De son frêle aiguillon le transporte et l'irrite ;
L'écume rejaillit sur ses genoux en sang,
Et son œil, tout chargé d'une implacable haine,
Après avoir cent fois fait le tour de l'arène,
Sur son noble ennemi s'arrête en frémissant.

Dans ce duel à mort, la bête a pour défense
Le solide rempart de son lourd front d'airain ;
L'homme, un tissu léger qui s'agite et qui danse,
Qui frissonne dans l'air et flotte dans sa main.
Mais un glaive s'y cache, ainsi qu'un dard terrible
Toujours prêt à sortir et prompt à déchirer ;
Ses yeux ne quittent point l'étroite et brune cible
Où le dard seulement a droit de pénétrer.

Et les voilà tous deux seul à seul, face à face.

Soudain, sur ses jarrets le taureau s'est dressé ;
Il porte un coup terrible à ce lambeau qui passe
Et qu'il n'aperçoit plus, sitôt qu'il a passé.
C'est alors une lutte incessante, rapide ;
Les cornes, en frappant, n'atteignent que le vide
Et sans cesse, et toujours, l'homme échappe à ses coups.
Il trompe sa fureur, il le pousse, il l'attire ;
Il lui présente un bras que soudain il retire
Et le contraint parfois à plier les genoux.

Le vent est moins léger en effleurant la plaine ;
Il semble, à chaque instant, l'éviter sans effort ;
Mais les cœurs sont émus, les poumons sans haleine...
Un seul faux pas, il tombe, et s'il tombe, il est mort !

Le moment est venu. La tête, qui s'abaisse,
Offre au vaillant lutteur le but longtemps cherché.
Avec un mouvement plus doux qu'une caresse,
Il va, sous le tissu, saisir le dard caché ;
Il recule, il brandit la frémissante lame
Que son bras, détendu comme un ressort d'acier,
Dans la nuque, soudain, plonge, jusques à l'âme.....
Le glaive étincelant disparaît tout entier.

De tout le cirque, alors, une clameur immense
Roule, monte, se mêle aux applaudissements ;
L'éventail presse encore sa rapide cadence ;
L'enthousiasme croît de moments en moments ;
Tandis que, plein de calme au sein de la victoire,
Le matador, marchant au monstre terrassé,
Retire, sans frémir, l'instrument de sa gloire
De la blessure affreuse où la mort a passé !

Mais, avant de mourir et respirant à peine,
Sitôt qu'il a reçu son épée en plein cœur,
Le taureau, toujours fier, voit le trépas sans peur
Et sur ses deux genoux lentement il se traîne,
Comme pour découvrir quelque place en l'arène
Où ne point expirer aux pieds de son vainqueur !

1882

# LA LANDE

## I

Sous un soleil ardent qui l'embrase et l'éclaire,
La lande étend au loin ses vagues de bruyère
Où les agneaux discrets broutent, paisiblement,
Quelque brin d'herbe éclos sous le sable dormant.
Le berger, assoupi, sur son tricot se penche ;
La cigale au col gris vole de branche en branche,
Oiseau triste et jaseur dont le chant éternel
S'élève en crépitant dans l'épaisseur du ciel.

Les grands pins, inclinés sous un feu qui dévore,
Portent, ouverte au cœur, une plaie incolore,
Tandis que la résine, ainsi qu'un ruisseau blanc,
A flots lents et pressés découle de leur flanc.
Et puis, de loin en loin, dans ce désert superbe,
S'ouvre quelque oasis où l'on voit pousser l'herbe,
Autour des chênes-liège et du maïs épais
Dont le puissant épi croît et mûrit en paix.
Des vaches à l'œil noir errent parmi les roses,
Passant leur mufle roux sur les feuilles mi-closes,

Et de jeunes enfants, par le soleil brunis,
Se disputent entre eux quelques malheureux nids.
Avec ses horizons et son morne silence,
Rien n'est plus imposant que cette plaine immense,
Vaste comme la mer et dressant sur ses flots
Des pins géants, ainsi que des mâts de vaisseaux.

## II

Mais voici qu'au moment où le soleil s'incline
Un vent léger s'épand par-dessus la colline,
Dernier et doux adieu que le jour, exilé,
Fait courir sur le sol, comme un soupir ailé.
Tout s'émeut et s'agite au souffle de la brise ;
En son demi-sommeil la bruyère, surprise,
Inonde tout à coup de ses âpres senteurs
Les agneaux indolents couchés parmi les fleurs.
Un long frémissement court, d'abord, sur la cime
Des arbres endormis que ce souffle ranime,
Puis un bruit sourd, semblable au murmure des mers.
Envahit doucement les grands espaces verts.
Les rayons égarés d'une splendeur mourante
Rasant les hauts épis et la plaine mouvante,
Glissent entre les pins ainsi que des traits d'or,
Et la bruyère rose en est plus rose encor.....

Qui prétend que la lande est pleine de tristesse ?
Ce beau désert s'égaye à la moindre caresse ;
Il suffit, pour en faire un pays sans pareil,
D'un souffle passager ou d'un rayon vermeil.

1883

# LE RETOUR DE LA PÊCHE

BIARRITZ

Et voici qu'au moment où l'écume des ondes
Prend des teintes de pourpre aux rayons du soleil,
Où les oiseaux, ouvrant leurs ailes vagabondes,
Se croisent en tous sens à l'horizon vermeil,
On voit paraître au loin, dans la brume indécise,
Des voiles s'inclinant au souffle de la brise
Qui gonfle mollement leur ondoyant contour.
La vague, en son élan, les soutient et les presse,
Du port tant désiré les rapproche sans cesse
Et semble, en leur faveur, conspirer à son tour.

Dès longtemps, près des flots qui meurent sur la plage,
Au milieu des rochers où la mer vient gémir,
Des pieds nus ont foulé le sable du rivage,
De grands yeux ont veillé, qui n'auraient pu dormir.
Et, le regard fixé sur les blanches flottilles,
Ces femmes de la mer, brunes et belles filles,

Sont toutes là, guettant le retour des pêcheurs ;
Car l'orage a grondé sur les côtes voisines,
Et, du soir au matin, dans ces fortes poitrines
L'espérance et la crainte ont fait battre les cœurs.


La flotte approche ; alors, comme un vol de mouettes,
On les voit se hâter vers les rochers du port,
La jupe frissonnante, et portant sur leurs têtes
Des corbeilles de jonc, craquant au moindre effort.
Dans cet élan fougueux, dans cette course folle,
Les cheveux indomptés ont roulé sur l'épaule,
Et flottent librement à l'air pur du matin ;
Le sable rejaillit sur leurs jambes nerveuses,
Et l'on sent se mêler, en leurs clameurs joyeuses,
Le bonheur du retour à l'espoir du butin.


Une chaloupe aborde : on s'élance, on s'empresse
Pour ravir ses trésors au marin diligent :
Frais et jolis poissons que le regard caresse
Et dont l'écaille blanche a des reflets d'argent.
C'est alors, dans la foule, une soudaine joie ;
Tous ces vautours charmants se jettent sur leur proie :
La corbeille se penche et s'emplit jusqu'au bord ;
Tandis que, refoulant du front la vague ardente
Et poussant sur les flots leur proue impatiente,
Les barques, coup sur coup, se suivent dans le port.


Puis, le sein haletant, les jambes demi-nues,
Toutes, vers la cité, s'envolent tour à tour
Et leurs pas, et leurs cris, qui remplissent les rues,
Éveillent les dormeurs en leur calme séjour.

Elles s'en vont ainsi, légères et rapides,
Contre des paniers pleins changeant leurs paniers vides
Et transformant en or l'utile don des flots.
Les soucis ont pris fin, mais le labeur commence,
Tandis que les pêcheurs, dans leur barque qui danse,
Goûtent, sur leurs filets, un long et doux repos.

1882

*A M. de Larralde*

---

## L'HORLOGE D'URRUGNE

*Vulnerant omnes, ultima necat.* »

Chaque heure qui résonne à l'horloge du monde
Retombe sur notre âme ainsi qu'un lourd marteau.
La blessure en devient de plus en plus profonde ;
Quand toutes ont frappé, la dernière seconde
Nous ouvre, sans frémir, les portes du tombeau.

Mais l'homme sait parfois faire mentir l'adage
Dont la vérité sombre attriste son esprit,
Et, lorsqu'il a vécu comme doit vivre un sage,
Il peut dire, au moment du suprême passage :
« Quand toutes ont blessé, la dernière guérit ! »

1882

# UNE MÈRE

PIÈCE EN UN ACTE, EN VERS

# PERSONNAGES

NAPOLÉON BONAPARTE.

Le général SAVARY, ᴅᴜᴄ ᴅᴇ ROVIGO.

CONSTANT, valet de chambre de l'Empereur.

La comtesse ᴅᴇ SALVIÈRE (35 ans).

*La scène est à Paris, en 1815.*

# UNE MÈRE

PIÈCE EN UN ACTE, EN VERS

LE CABINET DE NAPOLÉON AUX TUILERIES.

— A gauche, au second plan, une porte à deux battants.
— Au fond, une porte-fenêtre s'ouvrant sur un balcon qui donne sur la
place du Carrousel ; à droite, une autre porte. — Des deux côtés de la
porte-fenêtre, deux cartes de l'Europe, physique et politique, où sont
plantés de petits drapeaux. — Au milieu de la pièce, un grand et beau
bureau couvert de papiers divers.] — Ameublement simple, style
Empire.

## SCÈNE PREMIÈRE.

SAVARY, puis NAPOLÉON.

Savary achève de disposer des plis sur le bureau. Au coup de 7 heures
sonnant, l'Empereur entre vivement et vient frapper d'un air riant sur
l épaule du duc de Rovigo.

NAPOLÉON.

Déjà là, général ! Allons, allons ! C'est bien ...

Nous avons fort à faire, et je ne sais combien
D'ordres à dépêcher.

(Il s'assied au bureau.)

Quelles sont les nouvelles ?

SAVARY.

Sire, j'ai disposé, sur votre bureau, celles
Qui me semblaient les plus urgentes.

(L'Empereur décachette rapidement quelques plis avec des signes
d'impatience.)

NAPOLÉON.

Quoi ! toujours
Des émeutes ! Il faut en arrêter le cours...

(Il tend le pli à Savary.)

Lisez....... Marseille... Lyon... des troubles en Vendée.
C'est ainsi que je vois ma peine secondée !
Et quand je me consacre aux intérêts de tous,
Il faut donc qu'au travers se jettent quelques fous...

(Il ouvre une autre lettre.)

Et ces princes... encore ! Ils pensent de la sorte
Rallumer à leur gré la flamme déjà morte...
Vains efforts... Mais, pourtant, funestes au pays,
Ce sont là, voyez-vous, nos pires ennemis.
Général, écrivez,.......

(Tout en lisant une dépêche.)

Je vais donner des ordres
Pour faire réprimer promptement ces désordres.
Ah !... voici du nouveau ! des proclamations,
De virulents appels qu'on fait aux nations...
La lutte, par ma foi ! s'annonce meurtrière !...
Blücher rapidement marche vers la frontière...

Wellington est tout près... Schwarzenberg n'est pas loin..
Cinq cent mille hommes... soit !

(Il se lève.)

Je n'en ai pas besoin
D'autant. Sur mon honneur ! ils pensent me surprendre,
Savary....... Je suis prêt et m'en vais leur apprendre
Que l'exil ne m'a pas encor paralysé !
Croire me prévenir ! pardieu, c'est bien osé !

(Il se dirige vivement vers la carte d'Europe et pose le doigt sur
la Belgique.)

Je vais les battre ici... puis là. Toutes mes troupes
Vers ces points importants se dirigent par groupes...
Nul ne connaît encor le plan que j'ai conçu ;
Vous serez le premier, certes, à l'avoir su.

(Il se retourne et, d'une voix forte :)

Non, non ! l'aigle n'a point ployé ses fortes ailes
Et, des sommets couverts de neiges éternelles,
Il va bientôt, porté par son rapide élan,
Tomber comme un éclair sur l'ennemi tremblant !
Général, vous verrez encore une bataille
Où les coalisés ne seront point de taille
A résister... Je veux, frappant à larges coups,
Mettre une fois de plus l'Europe à mes genoux
Et, comme aux jours les plus fameux de mon histoire,
Devant le monde entier ressaisir la victoire !

(Il se promène vivement, les mains derrière le dos, comme pour se
calmer. Puis, il s'assied.)

Quel fait mérite encor de m'être rapporté ?

SAVARY.

Il me faut rendre compte à Votre Majesté
D'un incident qui s'est passé, hier, sur la route
De Saint-Cloud.

7*

NAPOLÉON.

Alors que je revenais, sans doute ?

SAVARY.

Oui, Sire.

NAPOLÉON.

Quel est-il ?

SAVARY.
Vous alliez arriver
A la barrière, qui venait de se lever
Pour Votre Majesté, lorsque deux sentinelles
Ont arrêté quelqu'un qui rôdait autour d'elles
D'un air étrange. On l'a fouillé, trouvé porteur
D'un poignard et de deux pistolets. Par bonheur,
On l'a livré de suite aux guides de l'escorte
Qui l'ont, rapidement, mené jusqu'à ma porte.
Conduit en ma présence, il a tout avoué.

NAPOLÉON.
Un attentat ?

SAVARY.

Oui, Sire.

NAPOLÉON, ironiquement.

Allons, Dieu soit loué !
(Après un court silence :)
Savez-vous ce qu'il est et comment il se nomme ?

SAVARY.

Sire, c'est un enfant, mais avec un cœur d'homme.
« Je suis pris, — m'a-t-il dit — et j'ai manqué mon coup
« Par ma faute ; cela me chagrine beaucoup.

« Je voudrais simplement qu'on portât à ma mère
« Un mot, pour l'avertir ; c'est ma seule prière...
« Après, faites de moi tout ce qu'il vous plaira ».
— C'est un brave !

NAPOLÉON.

Sans doute ; et, pourtant, il mourra
Son châtiment sera chose fort naturelle,
Et le pardon pourrait me causer..... Il s'appelle ?

SAVARY.

Le Comte de Salvière.

NAPOLÉON.

Ah ! ah! fils d'émigré...
J'aurais dû m'en douter. D'ailleurs, je lui sais gré
De me faciliter les rigueurs salutaires
Que les actes des siens me rendent nécessaires.
Puisqu'on l'a pris hier les armes à la main,
C'est tout simple.... Il sera fusillé dès demain.
Pour l'exécution, un piquet de ma garde
Avec un capitaine ; et — ceci vous regarde —
Ayez soin que le bruit s'en répande au plus tôt.
Je veux faire un exemple éclatant !

(Il prend la plume.)

Ce tantôt,
Il faudrait qu'on portât ce que je vais écrire
Au major général, à la place.

SAVARY, s'inclinant.

Bien, Sire.

(On frappe à la porte de gauche.)

NAPOLÉON.

Ouvrez !

(Constant entre une lettre à la main.

## SCÈNE II.

NAPOLÉON, SAVARY, CONSTANT.

NAPOLÉON.

Qu'est-ce ?

CONSTANT.

Ce pli pour Votre Majesté.
J'ai refusé longtemps ; on a tant insisté...

NAPOLÉON, ouvre vivement la lettre et lit à demi-voix.

« Celle qui ose vous écrire ces lignes est la mère du
« malheureux auteur de l'attentat contre Votre Majesté.
« Elle vous supplie de la recevoir, ne fût-ce que quelques
« instants, et se dit,

« Sire,

« Votre respectueuse et dévouée servante,

« Comtesse DE SALVIÈRE. »

NAPOLÉON, jetant avec humeur la lettre sur le bureau.

Comment, sans audience, est-elle donc venue ?

CONSTANT.

La comtesse m'a dit n'être point inconnue
De Votre Majesté.

NAPOLÉON.

Moi ! la connaître ?..... Non !
Salvière... Je n'ai point souvenir de ce nom.
Il ne réveille en moi l'image de personne,
Et Dieu sait, cependant, si ma mémoire est bonne !

(Brusquement :)

Vous avez eu grand tort de prendre ce billet,
Constant ! Qu'importe donc si l'on vous suppliait ?
Il fallait résister. Je déteste les scènes
Et les pleurs, et les cris...... toutes les plaintes vaines.

(Haussant les épaules) ;

Enfin, faites entrer.

(Constant sort à gauche.)

(A Savary en lui montrant la porte de droite :)

Savary, passez là ;
Je vous appellerai pour mettre le holà
En frappant sur ce timbre deux coups.

(Savary sort à droite.)

Sur mon âme !

Je dirai franchement son fait à cette femme.......

## SCÈNE III.

### NAPOLÉON, puis la COMTESSE.

(La porte de gauche s'ouvre à deux battants. La comtesse, en grand
deuil, entre à pas lents et, après s'être inclinée profondément devant
l'Empereur, demeure immobile, la main sur sa poitrine comme pour en
comprimer les battements.)

NAPOLÉON, sans se lever et d'une voix brève :

Que voulez-vous, Madame ?

LA COMTESSE, avec émotion :

Ah ! Sire, ai-je besoin
De m'expliquer encore ?

(A part avec découragement :)

Il ne reconnaît point
Celle qui fut... hélas ! tristes effets de l'âge.......
Ai-je donc, depuis lors, tant changé de visage ?

(A l'Empereur :)

Je veux simplement dire à Votre Majesté
Que mon fils, cet enfant qui vient d'être arrêté,
Est bien jeune... Il se peut qu'à son esprit fragile
On ait... Enfin, je viens, Sire...

NAPOLÉON, brusquement :

C'est inutile !
Il va mourir.

LA COMTESSE, chancelant.

Grand Dieu !

NAPOLÉON, se croisant les bras :

Mais en doutiez-vous donc ?
A quel titre auriez-vous obtenu son pardon ?
N'espérez rien de moi.

LA COMTESSE.

Quoi ! sans même m'entendre ?

NAPOLÉON, ironiquement.

Vous a-t-on jamais dit que j'eusse le cœur tendre ?
Mais en fût-il ainsi, qu'en un semblable cas,
Ce serait être fou que de ne sévir pas !

LA COMTESSE.

Sire, n'aurez-vous point pitié de ma souffrance
Et....

NAPOLÉON, se levant.

Que m'importe à moi ? Quand je fondais la France,
Lorsque j'édifiais mon trône tout-puissant,
D'autres ont, avant vous, versé des pleurs de sang.
Mais, celles-là, du moins, avaient le droit des larmes,

J'ai compris leur angoisse et j'ai plaint leurs alarmes,
Car ceux dont le trépas crucifiait leurs cœurs
Combattaient en héros et tombaient en vainqueurs !
Ils avaient, à ma voix, tout quitté pour me suivre;
Il leur semblait plus beau de mourir que de vivre,
Puisque la mort, de gloire auréolant leurs fronts,
Epargnait au pays les plus sanglants affronts.
Mais votre fils n'a pas, lui, ces vertus guerrières ;
Alors que l'ennemi menaçait nos frontières,
Alors qu'il aurait dû, d'un cœur vraiment français,
Aux larrons du dehors en défendre l'accès,
C'est vers son Empereur que son bras régicide
Dirigeait les élans de son âme homicide ;
Comme un lâche, tournant son arme contre nous,
C'est à son Empereur qu'il réservait ses coups !
Et vous me demandez sa grâce ? Non, Madame !
Je suis cruel, sans doute, et vous parais sans âme ;
Mais songez que celui qui vous parle aujourd'hui
Devant l'Europe en feu n'est plus maître de lui.
Il se doit aux vaillants rangés sous sa bannière,
Au trône reconquis, à cette France entière
Dont chacun se vantait d'emporter un lambeau,
Et puisqu'il vient encor d'échapper au tombeau,
Il lui faut, égalant le châtiment au crime,
Au pays indigné jeter une victime.

(Il se rassied.)

D'ailleurs, il n'est plus temps; mes ordres sont donnés,
Votre fils à bon droit voit ses jours condamnés;
Vous devriez rougir, même, d'être sa mère,
Et je ne sais pas trop ce qu'il a bien pu faire
Pour que son châtiment vous cause tant d'émoi.

LA COMTESSE, avec véhémence.

Ce qu'il a fait, Sire ? Ah ! c'est qu'il est né de moi !
Ne savez-vous donc point tout ce qu'un cœur de femme
Peut enfermer d'amour, même pour un infâme ?
Mais lorsque cet infâme est son fils, son enfant,
Celui qu'elle a porté dans son sein triomphant,
Créature à laquelle elle infusa la vie,
Que cent fois à la mort, peut-être, elle a ravie,
Pour l'arracher encore au trépas qui l'attend,
Son faible bras devient de fer, quand il s'étend !
Ce maternel amour dont l'ardeur vous étonne,
C'est lui qui, dans la nuit, fait rugir la lionne,
Lui, qui jette au milieu des vagues en fureur
Celle qui ne sent plus son enfant sur son cœur.
Car il s'implante en nous par de telles racines,
Il résonne si haut, si fort, dans nos poitrines,
Que pour vouloir briser cet amour indompté,
Il faut n'avoir point vu de mère, en vérité !

(S'exaltant à mesure qu'elle parle :)

D'ailleurs, qu'a-t-il donc fait, mon fils, de si coupable ?
D'un indigne forfait eût-il été capable ?
Lorsqu'en rêve il voyait l'Empereur expirant,
N'est-ce point qu'il croyait immoler un tyran ?
Et...

NAPOLÉON, d'une voix éclatante·

Madame !

LA COMTESSE, se jetant à genoux.

Ah ! pardon pour l'affreuse parole !
Je sens en moi... comment ne serais-je point folle ?
J'ai tant souffert depuis hier... mon cœur se fend...

Ah ! Sire, soyez bon, rendez-moi mon enfant !
Le Ciel est sans pitié... j'ai tout perdu : ma mère,
Mon époux... mes amis... ô destinée amère !
Le seul être que Dieu me laissait ici-bas,
Honteusement demain va marcher au trépas.
— Sire, vous voulez donc une double victime ?
Ah ! de grâce... étendez la main vers mon abîme...
Songez...

(A part :)

Qu'allais-je dire !

NAPOLÉON.

Eh bien ?

LA COMTESSE.

Sire, pensez
Qu'on ignore comment les faits se sont passés.
Le duc et deux soldats savent seuls l'aventure ;
Sans doute, on l'a saisi devant votre voiture,
Mais peut-être il venait briguer une faveur,
Présenter un placet, ou bien voir l'Empereur...
Sur votre ordre, chacun gardera le silence ;
Vous pourrez, sans remords, écouter la clémence
Et, respectant les droits du peuple et de l'Etat,
Leur cacher le pardon ainsi que l'attentat.

(Voyant que l'Empereur hésite :)

Ah ! si vous l'épargnez, j'irai, j'irai moi-même,
Armant son jeune bras de cette main qu'il aime,
Replacer sur sa lèvre un grand nom respecté.
Sur mon âme, je jure à Votre Majesté
Que nul plus noblement et d'un plus fier courage
Ne donnera l'exemple aux hommes de son âge

Et, montrant à ma voix un cœur reconnaissant,
Pour la France en péril ne versera son sang.

NAPOLÉON, lentement, après un silence :

Si vous croyez, Madame, à son obéissance,
Si votre amour, sur lui, garde assez de puissance
Pour qu'il répare ainsi cette funeste erreur,
Je puis peut-être...

(Mouvement de joie de la comtesse. A ce moment, on entend sur la place
un murmure qui va grandissant depuis quelques instants.

Mais, quelle est cette rumeur ?

(Il frappe sur le timbre. Savary entre.)

# SCÈNE IV.

NAPOLÉON, LA COMTESSE, SAVARY.

NAPOLÉON.

Général, allez donc savoir ce qui se passe.

SAVARY.

Sire, une foule immense en la grand'cour s'amasse
Et demande à vous voir.

LA COMTESSE, à part, joignant les mains.

Grand Dieu ! tout est perdu !

(Savary sort à droite.)

# SCÈNE V.

## NAPOLÉON, LA COMTESSE.

( L'Empereur ouvre précipitamment la porte-fenêtre et s'avance sur le balcon. On entend aussitôt une immense acclamation de « Vive l'Empereur ! » suivie des cris de « Mort à l'assassin ! A bas les émigrés ! » La comtesse s'est jetée à genoux et écoute d'une oreille attentive. Tout à coup elle se lève.)

LA COMTESSE, à part, avec résolution :

Alors... je dirai tout !

(Napoléon, après avoir salué la foule à plusieurs reprises,
rentre lentement dans la salle.)

NAPOLÉON, d'une voix contenue :

Avez-vous entendu,
Madame ?

LA COMTESSE.

Le destin pour nous, Sire, est sans âme ;
Je vous livre ce fils que la foule réclame,
Et, malgré ma douleur, je cesse de lutter
Contre le flot humain qui nous veut emporter.
Mais à tout condamné qui va quitter la terre
On accorde, dit-on, une grâce dernière ;
Puisqu'après mon enfant je puis mourir aussi,
Cette grâce... je viens la demander ici.

NAPOLÉON, s'asseyant.

Quelle est-elle ?

LA COMTESSE.

Il me faut vous conter une histoire.
(Mouvement de Napoléon.)

Je serai brève, Sire. Aux soins de votre gloire
J'oserai dérober encor quelques instants
Et je disparaîtrai...

(L'Empereur s'assied d'un air résigné.)

Voici plus de vingt ans,
Une femme vivait dans un port militaire,
Veuve, et n'ayant plus rien conservé sur la terre
Que sa fille, doux fruit de trop courtes amours.
Les jours tristes, hélas! suivaient les tristes jours ;
Nul rayon ne tombait sur leur avenir sombre,
Et leur deuil s'écoulait dans le silence et l'ombre.
L'enfant était jolie et naïve. Le soir,
Alors que toutes deux elles allaient s'asseoir,
Solitaires, devant la mer compatissante,
Chacun, émerveillé de sa grâce naissante,
Brûlait de la connaître et se sentait le cœur
Doucement attiré par son charme vainqueur.
Mais elle, l'âme pure, indifférente ou sage,
Ne voyait point ces yeux pleins d'un muet hommage ;
L'amour, à ses seize ans jusqu'alors inconnu,
Dans ce paisible cœur n'était jamais venu.

(A partir de ce moment, elle suit attentivement l'effet de son
récit sur le visage de l'Empereur.)

Un jour, un officier parut en cette ville,
Jeune, ambitieux, beau d'une beauté virile,
Et le hasard, arbitre étrange du destin,
Pour leur malheur les fit se connaître un matin.
Ils s'aimèrent... ce fut l'irruption soudaine
Du feu mystérieux qui couve en l'âme humaine,
Le mutuel élan de deux êtres charmés,
Dociles à la voix qui nous murmure : « Aimez »...
O douce émotion des premières tendresses,
Quelle éternelle empreinte en nos âmes tu laisses,

Et qu'il est cher, plus tard, à nos cœurs ulcérés,
Le souvenir des temps par l'amour consacrés !
« Ce fut comme une aurore en moi, — me disait-elle —
« Chaque jour amenait une clarté nouvelle ;
« Je buvais à longs traits, dans son grand œil profond,
« L'ivresse des aveux que les regards nous font.
« Comment avais-je pu vivre jusqu'à cette heure ?
« Tout me semblait changé dans notre humble demeure ;
« Sa présence adorée éclairait la maison,
« Et mes yeux découvraient un superbe horizon !
« Hélas ! le rêve était trop beau pour cette terre,
« Et je ne dormis pas longtemps... Un jour, ma mère
« Me prit à part : « Je vais, — dit-elle, — mon enfant,
« Porter un coup cruel à ton cœur confiant.
« Celui que tu choisis, ce jeune homme qui t'aime,
« Est venu me trouver, ce matin, de lui-même
« Et, d'un air attristé, m'a dit que son devoir
« L'obligeait désormais à ne plus te revoir.
« Il t'adore... et ne peut t'épouser. Sa carrière,
« Sa pauvreté, le sort incertain d'une guerre
« Terrible... tout, enfin, le force à renoncer... »

NAPOLÉON, se levant brusquement.

Mais en quoi ce récit peut-il m'intéresser ?
Votre fils envers moi n'en est pas moins coupable
Et l'on voit tous les jours aventure semblable.

LA COMTESSE, se jetant à genoux.

C'est que la malheureuse attend à vos genoux
Son arrêt, Sire, et que l'officier...

Avec un sanglot.)

C'était vous

NAPOLÉON, la relevant et d'une voix troublée.

Quoi ! Vous seriez ?...

LA COMTESSE.

Je suis la femme infortunée
Qui par vous, à Toulon, se vit abandonnée,
Celle qui, si longtemps, crut à votre retour,
Celle qui vous aima du plus ardent amour,
Mais si noble, et si chaste, et si fier, que Dieu même
N'en eût point condamné la volupté suprême.
Car, vous le savez bien, jamais votre baiser
Ailleurs que sur mon front n'est venu se poser.
La gloire n'était pas encor votre maîtresse ;
Vous ne méprisiez point une pure tendresse
Et, dans ces temps lointains, le futur Empereur
Daignait se contenter d'un plus humble bonheur.
Depuis, l'enivrement de la toute-puissance,
Les soucis du pouvoir, la grandeur de la France,
Plus d'un amour, hélas ! à vos désirs offert
Vous ont fait oublier tout ce que j'ai souffert.
Mais, il vous en souvient que vous m'avez aimée ;
Elle s'ouvre aujourd'hui, l'âme longtemps fermée
Et je vois dans vos yeux...

NAPOLÉON, l'arrêtant :

C'est vrai... tout un passé
A votre voix soudain devant moi s'est dressé.
Je le croyais bien mort... Les morts seuls, en ce monde,
Ne peuvent s'échapper de la terre profonde...

(Il s'assied et garde un instant le silence, le front dans ses deux
mains, puis brusquement :)

Mais si mon abandon fut tout votre malheur,

Ce fils, dont le destin vous tient si fort au cœur,
Madame... quel est-il ?

LA COMTESSE.

      Quand vous m'eûtes quittée,
Du haut de mon bonheur, hélas !... précipitée
Et du rêve envolé me souvenant toujours,
Je fus longtemps malade ; on craignit pour mes jours.
Puis, je perdis ma mère. Alors, seule en ce monde,
N'ayant aucun recours où l'amitié se fonde,
Sans fortune, mais jeune et belle, je trouvai
L'homme bon par qui fut mon avenir sauvé.
Je ne lui cachai rien : ni ma douleur passée,
Ni l'amour survivant en mon âme blessée ;
Mais il n'hésita point et, la main dans la main,
Ensemble de l'autel nous prîmes le chemin.
Bientôt il nous fallut émigrer ; je fus mère ;
Le comte, après un an, mourut en Angleterre.
Je me consacrai toute à ce fils adoré
Et pus enfin sourire, après avoir pleuré...

          (Avec élan :)

Ah ! le Ciel m'est témoin que jamais nulle femme
Autant de votre nom n'emplit une jeune âme !
Oublieuse, déjà, de l'ancienne douleur,
Ma rancune tombait devant tant de grandeur,
Et, toujours plus heureuse après chaque victoire,
Suivant d'un œil ardent le vol de votre gloire,
Je rêvais de jeter, un jour, entre vos bras,
L'enfant, qui vous aurait servi jusqu'au trépas.
Hélas ! contre le sang qui coulait dans ses veines,
Mes efforts étaient vains, mes leçons furent vaines ;
On eût dit qu'il sentait, pouvoir mystérieux,
Se réveiller en lui l'âme de ses aïeux.

Pour le pays, à ses anciens maîtres rebelle,
Sa haine grandissait, et ma crainte avec elle
Mais pouvais-je prévoir tout ce qui s'est passé
Et comment mon amour serait récompensé ?

NAPOLÉON, après un court silence, se dirige lentement vers la
porte de droite.

C'est bien... veuillez, Madame, en ce salon m'attendre.
Pour réfléchir, après ce que je viens d'entendre,
Il me faut rester seul...

(Ouvrant la porte :)

Demeurez donc ici.
Je vous ferai savoir ce que j'ordonne.

La comtesse sort après s'être profondément inclinée devant
l'Empereur.


# SCÈNE VI.

NAPOLÉON reste quelque temps assis, les regards perdus
dans l'espace. Puis, il se lève.

Ainsi,
J'aurai, durant vingt ans, dans ma course incessante,
Fait, sur le monde entier, peser ma main puissante,
Brisé des rois, détruit des royaumes, dompté
L'Empire d'Allemagne avec la Papauté ;
Promené, triomphant, le drapeau tricolore,
Des bords du Nil fécond jusqu'au Volga sonore
Et couronné mon front de parvenu géant...
A quoi bon, s'il suffit, pour tout mettre à néant,
D'un poignard que, dans l'ombre, on lève sur ma route
Sombre avertissement qu'il faut bien que j'écoute...
Présage qui m'annonce, hélas ! que mon destin

Va désormais briller d'un éclat incertain !
Rien ne demeurait plus debout devant ma gloire.
J'avais, en ma faveur, asservi la victoire ;
Quand ma voix résonnait, après les grands combats.
Le sol, à mon appel, se couvrait de soldats.
En traversant l'Europe, où mon âme respire,
Le soleil se levait, tombait sur mon Empire,
Et partout je traînais, enchaînés à mon char,
Plus d'illustres vaincus qu'Annibal et César.
Et voici qu'aujourd'hui tout s'effondre et se brise.
Mon sceptre est un roseau tourmenté par la brise ;
Ceux que j'avais courbés sous un suprême affront,
Ne rampent plus à terre, et relèvent le front.
Je suis comme un lion acculé dans son antre,
Blessé, rugissant, prêt à bondir si l'on entre,
Et dardant, vers le seuil où se tient l'ennemi,
L'éclair de ses deux yeux déjà clos à demi.
Et c'est à moi qu'on vient demander la clémence !
A moi, triomphateur humilié ?... Démence !
Cet enfant va mourir.

> (Il s'assied au bureau et prend la plume, qu'il rejette bientôt
> avec vivacité.)

                Et pourtant... que de sang !
Le flot, autour de moi, s'élève en frémissant,
Mêlant son bruit sinistre au bruit de la mitraille,
Il va couler encor sur les champs de bataille.
Il le faut... je le veux... mon trône est à ce prix !
Si je l'épargne ailleurs, en sera-t-on surpris ?
Je suis las, après tout, de rigueurs éternelles...
Chaque jour, amenant des émeutes nouvelles,
Fait, au peuple effrayé de mon pouvoir fatal,
Perdre le souvenir d'un retour triomphal.
S'il ne me sert à rien d'user de la vengeance,

Ne pourrais-je, aujourd'hui, faire acte d'indulgence
Et, m'armant de ce droit dont le Ciel m'a fait don,
Sur un crime éclatant étendre mon pardon ?
Et cette femme est là, pâle, désespérée...
Ne me souvient-il plus qu'elle fut adorée ?
Que, jadis, sur sa lèvre où son cœur frémissait,
J'ai recueilli l'aveu d'un amour qui naissait ?
Nous allions, tous les deux, sur le sable des grèves,
Moi, tout à mes pensers, elle, toute à ses rêves,
Emus, charmés, cherchant dans le calme des mers,
L'espoir des jours heureux, l'oubli des jours amers.
Et tandis que non loin de nous, la triste ville,
Résonnant des fureurs de la guerre civile,
Subissait à la fois l'effroyable danger
De la lutte intestine et du joug étranger,
Celui qui la sauva sur le sol et sur l'onde,
Le conquérant futur de la moitié du monde,
L'homme à qui les destins devaient livrer un jour
Des trésors infinis et de gloire et d'amour,
Napoléon, enfin, pauvre, alors, et timide,
Suivait sa fiancée avec un œil humide
Et soutenait d'un bras malhabile, tremblant,
Cet être chaste et doux, au cœur pur, au front blanc.
Je dois, au plus charmant souvenir de ma vie,
De rendre un fils coupable à sa mère ravie.
Il ne sera pas dit que celle que j'aimai
En frappant à mon cœur l'aura trouvé fermé,
Et je veux, oubliant tout ce qui n'est pas elle,
De cette amour d'antan faire une amour nouvelle.

(Il se dirige vers la table et s'arrête tout à coup en se
croisant les bras.)

Mais non, point de faiblesse ! Un monde tout entier
Que j'avais dominé de mon regard altier,

Pour qui, jadis, j'étais l'idole dans son temple,
D'un œil haineux et sombre aujourd'hui me contemple.
S'il voit que le colosse, autrefois triomphant,
A failli succomber sous les coups d'un enfant
Et semble pardonner pour conjurer l'orage,
Il croira que je tremble et, reprenant courage,
En sera plus à craindre... Il ne faut point cela !
Cet enfant va mourir.

(Il frappe sur un timbre. — Savary entre.)

# SCÈNE VII.

## NAPOLÉON, SAVARY.

NAPOLÉON, montrant le salon.

Est-elle toujours là ?

SAVARY.

Oui, Sire.

NAPOLÉON, brusquement.

Dites-lui...

(Se ravisant).

Que fait-elle ?

SAVARY.

Elle pleure.

De si cruels transports l'agitaient tout à l'heure,
Qu'ému par la pitié j'osai l'interroger,
Désireux de l'entendre et de la soulager.

NAPOLÉON.

Et maintenant ?

SAVARY.

Mais, Sire, elle pleure

NAPOLÉON, rêveur, à part :

Pauvre âme.. ✍

(A Savary.)

Qu'elle entre.

(Savary sort à droite.

## SCÈNE VIII.

### NAPOLÉON, puis LA COMTESSE.

(La comtesse entre à pas lents. Ses yeux sont rougis de larmes. Elle s'arrête devant l'Empereur et reste immobile, la tête légèrement inclinée sur la poitrine. Napoléon a rapidement écrit quelques mots, en appuyant son front dans sa main gauche. Il tend, sans se retourner, le papier à la comtesse, le front toujours dans sa main et sans la regarder.)

NAPOLÉON, lentement et comme avec effort :

Votre fils a sa grâce, Madame.

(La comtesse pousse un grand cri et tombe à genoux en saisissant le papier qu'elle presse convulsivement sur son cœur.)

*Vienne — Biarritz — Paris*
*1892.*

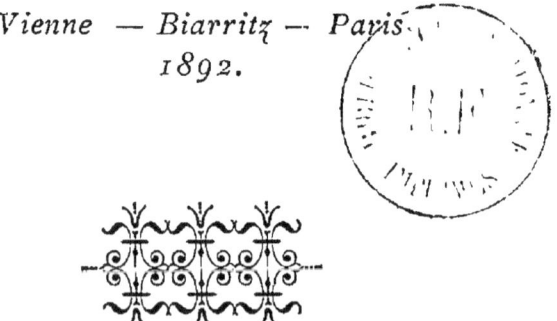

# TABLE DES MATIERES

## LES CHANTS DU CŒUR

### PREMIÈRE PARTIE.

CHANTS DU MIDI

—

# GRÈCE — TURQUIE

# ITALIE

## MIDI DE LA FRANCE

—

## ESPAGNE

# UNE MÈRE

PIÈCE EN UN ACTE, EN VERS

POITIERS. — IMPRIMERIE OUDIN ET C$^{ie}$

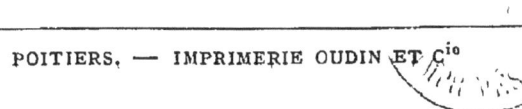

www.ingramcontent.com/pod-product-compliance
Lightning Source LLC
Chambersburg PA
CBHW070510030726
47503CB00004B/1228